Congratulations!

円生＆ジウ・イーリン

京都寺町三条のホームズ㉑

メランコリックな異邦人

望月麻衣

双葉文庫

目次

家頭《やがしら》 清貴《きよたか》

類稀な鑑定眼と観察眼から、『ホームズ』と呼ばれている。現在は、骨董品店『蔵』を継ぐ前に、外の世界を知るよう命じられ、修業中の身。

真城《ましろ》葵《あおい》

京都府立大学三年。埼玉県大宮市から京都市に移り住み、骨董品店『蔵』でバイトを始めた。清貴の指南の許、鑑定士としての素質を伸ばしている。

梶原《かじわら》 秋人《あきひと》
現在人気上昇中の若手俳優。ルックスは良いが、三枚目な面も。

円生《えんしょう》
本名・菅原真也《すがわらしんや》　元贋作師で清貴の宿敵だったが、紆余曲折を経て、今は画家としての道を歩き始めている。

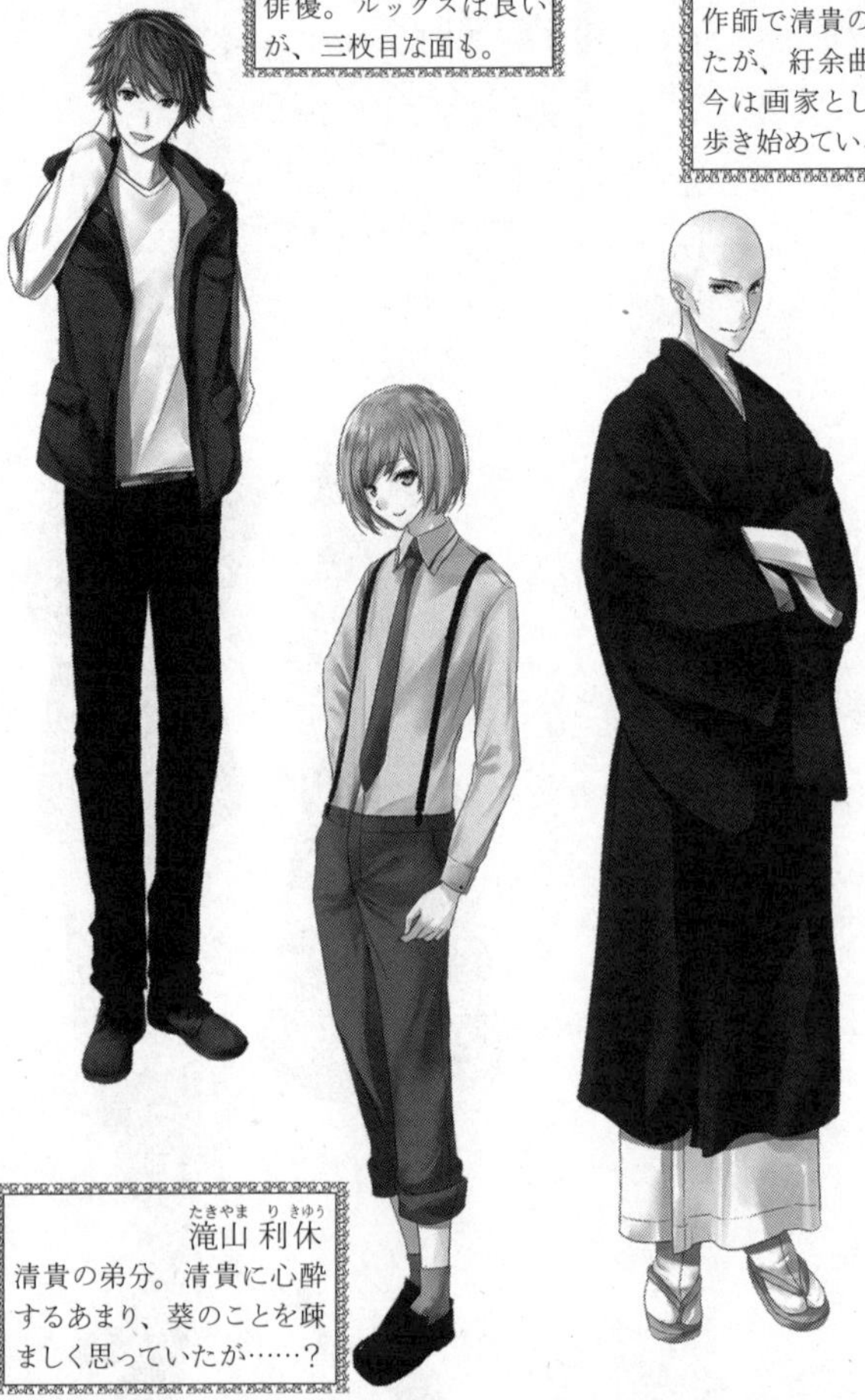

滝山《たきやま》 利休《りきゅう》
清貴の弟分。清貴に心酔するあまり、葵のことを疎ましく思っていたが……？

滝山《たきやま》 好江《よしえ》

利休の母であり、オーナーの恋人。美術関係の会社を経営し、一級建築士の資格も持つキャリアウーマン。

家頭《やがしら》 誠司《せいじ》
（オーナー）

清貴の祖父。国選鑑定人であり『蔵』のオーナー。

家頭《やがしら》 武史《たけし》
（店長）

清貴の父。人気時代小説作家。

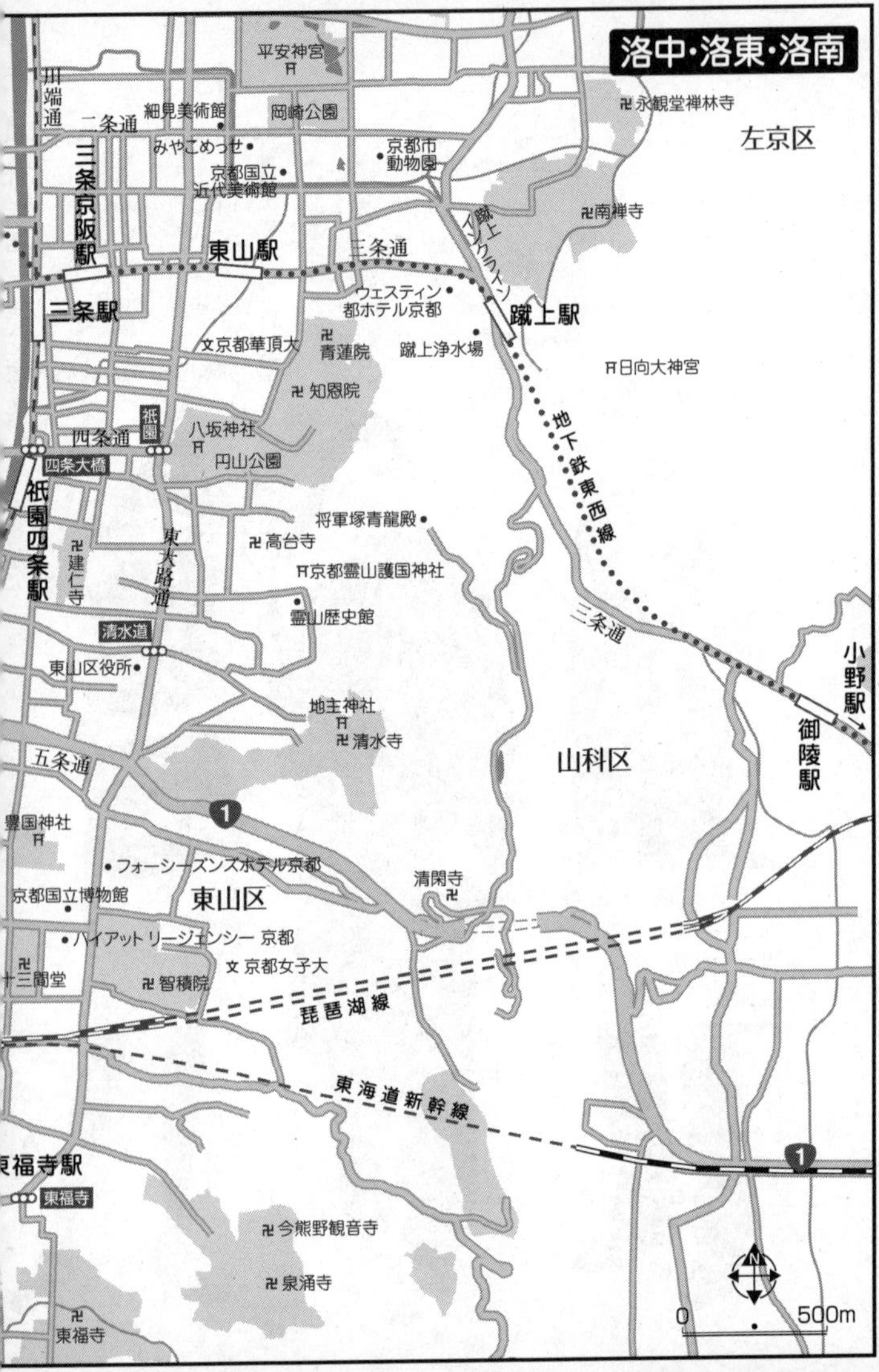
洛中・洛東・洛南
平安神宮
川端通
細見美術館
岡崎公園
永観堂禅林寺
二条通
左京区
みやこめっせ
京都市
動物園
三条京阪駅
京都国立
近代美術館
南禅寺
蹴上
インクライン
東山駅
三条通
ウェスティン
都ホテル京都
蹴上駅
三条駅
文京都華頂大
青蓮院
蹴上浄水場
日向大神宮
知恩院
祇園
八坂神社
地下鉄東西線
四条通
円山公園
四条大橋
祇園四条駅
将軍塚青龍殿
東大路通
高台寺
建仁寺
京都霊山護国神社
三条通
霊山歴史館
清水道
東山区役所
小野駅
地主神社
御陵駅
清水寺
五条通
山科区
1
豊国神社
フォーシーズンズホテル京都
清閑寺
京都国立博物館
東山区
ハイアット リージェンシー 京都
文 京都女子大
三十三間堂
智積院
琵琶湖線
東海道新幹線
1
東福寺駅
東福寺
今熊野観音寺
N
泉涌寺
0
500m
東福寺

丸太町駅
烏丸通
千本通
二条自動車教習所
二条城
367
二条駅
二条城前駅
御池通
京都市役所
BiVi二条
中京区役所
烏丸御池駅
京都市役所前駅
三条通
中京区
堀川通
三条通
六角堂
嵯峨野線
大宮駅
四条通
阪急京都線
烏丸駅
京都河原町駅
嵐電嵐山本線
四条駅
西院駅
四条大宮駅
壬生寺
タカシマヤ
地下鉄烏丸線
河原町通
七本松通
松原通
五条通
9
1
清水五条駅
五条駅
丹波口駅
延寿寺
京都市中央卸売市場
1
下京区
渉成園（枳殻邸）
西本願寺
東本願寺
七条駅
京都水族館
龍谷大
梅小路京都西駅
七条通
七条大橋
24
下京区役所
京都タワー
京都鉄道博物館
梅小路公園
京都駅
京都線
東海道新幹線
奈良線
大宮通
イオンモールKYOTO
河原町通
烏丸通
南区
東寺
東寺駅
近鉄京都線
九条駅
171
九条通
1
↓十条駅

N
0
1.5km
寂光院
三千院
阿弥陀寺
滋賀県
京都府
367
奥比叡ドライブウェイ
朗詠山長源寺
西教寺
坂本比叡山口駅
岩倉駅
八幡前駅
八瀬比叡山口駅
蓮華寺
比叡山延暦寺
坂本ケーブル
国際会館駅
叡山ケーブル
大比叡
松ノ馬場駅
叡山ロープウェイ
三宅八幡駅
京阪石山坂本線
宝ケ池駅
星野リゾート
ロテルド比叡
穴太駅
叡山電鉄叡山本線
修学院離宮
修学院駅
曼殊院
比叡山ドライブウェイ
唐崎駅
圓光寺
一乗寺駅
滋賀里駅
狸谷山不動院
湖西線
茶山駅
琵琶湖
左京区
南滋賀駅
元田中駅
161
近江神宮前駅
吉田神社
銀閣寺（慈照寺）
哲学の道
法然院
真正極楽寺（真如堂）
大津京駅
瑞光院
京阪大津京駅
金戒光明寺
平安神宮
大津市役所前駅

洛北
貴船神社
鞍馬寺
鞍馬駅
貴船口駅
叡山電鉄鞍馬線
二ノ瀬駅
市原駅
京都精華大文
二軒茶屋駅
京都精華大前駅
162
宗蓮寺
北区
右京区
正伝寺
上賀茂神社
常照寺
源光庵
光悦寺
北山駅
京都府立植物園
今宮神社
北大路駅
367
大徳寺
金閣寺
地下鉄烏丸線
下鴨神社
鞍馬口駅
162
龍安寺
白梅町駅
北野駅
北野天満宮
今出川駅
出町柳駅
嵐電北野線
嵯峨嵐山駅
妙心寺
上京区
京都御苑
京阪鴨東線
神宮丸太町駅
太秦駅
丸太町駅
嵯峨野線
花園駅
円町駅
帷子ノ辻駅
二条城

立命館大
等持院
龍安寺駅
等持院・立命館大学衣笠キャンパス前駅
嵐電北野線
仁和寺
福王子
162
妙心寺駅
宇多野駅
御室仁和寺駅
一条通
妙心寺
鳴滝駅
嵐電北野線
妙心寺道
常盤駅
花園駅
法金剛院
太秦駅
東映太秦映画村
花園大
嵐電嵐山本線
撮影所前駅
広隆寺
右京警察署
帷子ノ辻駅
太秦広隆寺駅
太秦天神川駅
葛野大路通
蚕ノ社駅
地下鉄東西線
御池通
京都先端科学大
嵐電天神川駅
右京区役所
嵐電嵐山本線
三条通
山ノ内駅
三菱自動車
梅宮大社
四条通
京都外大
右京区
桂川運動公園
上野橋
阪急京都線
イオンモール京都五条
五条通
9
上桂公園
西大橋
ハンナリーズアリーナ
西京極総合運動公園
西京極駅

洛西
大覚寺
化野念仏寺
右京区
広沢池
嵐山高雄
パークウェイ
清涼寺
祇王寺
丸太町通
二尊院
常寂光寺
トロッコ嵐山駅
嵯峨嵐山駅
嵯峨野線
トロッコ嵯峨駅
法然寺
車折神社駅
鹿王院
鹿王院駅
車折神社
嵐山駅
天龍寺
嵐電嵯峨駅
三条通
亀山公園
渡月橋
中ノ島公園
嵯峨美術大
桂川
嵐山
嵐山駅
法輪寺
嵐山東公園
嵐山モンキーパークいわたやま
阪急嵐山線
松尾大社駅
松尾橋
西京区
松尾大社
月読神社
鈴虫寺
0
500m
西芳寺

プロローグ

——九月。

今日から新学期がスタートしたのだろう。

窓の外を眺めると、学校帰りと思われる制服姿の中高生の姿が見える。

大学三回生である私——真城葵《ましろあおい》は、まだ夏休み中だ。いつものように骨董品店『蔵《くら》』の店内を掃除しながら、ぼんやり窓の外を見つめていると、

「葵さん」

不意に声を掛けられて、私の肩がぴくりと震えた。

振り返ると、ホームズさんこと家頭清貴《やがしらきよたか》さんが微笑んでいる。

黒いベストにスラックス、白いシャツにはアームバンドと、いつもの姿だ。彼は今、店内の在庫をチェックするため、バインダーを手にしている。

「すみません、ぼんやりしてしまって」

彼は、いえいえ、と私の隣に立った。

「にこにこされていましたが、何か面白いことが？」

「面白いというか、もう新学期が始まったんだなと思いまして。いよいよ、秋ですね」

「葵さんは、秋がお好きなんですね」

はい、と私は力を込めてうなずく。

「京都に来てから好きになりました。秋は、京都が本領を発揮する季節ですよね」

「本領発揮とはいい言葉ですね」

と、ホームズさんはにこやかに言う。

最近ずっとホームズさんの機嫌が良い。

とはいえ、そもそも彼は基本的に感情の起伏がなく、常に機嫌が良さそうではある。

しかしここ最近は良さそう・・・ではなくて、明らかに機嫌が良かった。

「秋も良いですねぇ……」

と、ホームズさんは、しみじみつぶやく。

「えっ？」

「挙式は葵さんの誕生月である五月頃がいいと思っていましたが、紅葉が美しい秋も良いですね。いや、桜の季節も捨てがたい……あっ、すみません。ついまた」

ホームズさんは、我に返ったように言う。

いえ……、と私ははにかんだ。

『私が卒業したら、結婚してください』

と、私が彼にプロポーズをしたのは、先日のこと。

それからホームズさんはというと……。

「すみません。最近、頭がいつもお花畑状態でして、僕が勝手に盛り上がっているだけなので、葵さんはどうかお気になさらず」

割とその言葉通りだった。

カウンターの裏には結婚情報誌が積まれていて、付箋がびっしりと貼られている。

晴れの日を心待ちにしてくれている彼の様子はとても嬉しい。けれど、『卒業したら』と前置きをしている。

決して嫌なのではなく、照れるような、焦るような、弱ったような、なんともいえない心持ちになる。

それは私がまだ大学三回生だからなのだろう。まだまだ先の話と心のどこかで思ってしまっていた。

ああ、とホームズさんは念を押した。

「気が早いように思われるでしょうけれど、結婚というのはどんなに準備が早くても、早すぎるということはないものなんですよ」

相変わらずこちらの心を読んだように答える彼に、私はゴホッとむせた。

どんな顔をして良いか分からない。ここは、話題を変えよう。

「在庫のチェックは終わりましたか？」

仕事の話を振ると、ホームズさんは、ええ、とバインダーを私に見せる。

「ついでに棚卸しもしていたんです。うちの店は盗難がゼロなのがありがたいですね、管理表と合っていました」

良かった、と私は胸に手を当てた。

『蔵』は一見さんが入りにくく客が混み合うことがないため、店内の様子を把握しやすい。

以前、学生らしき数人が店に一歩足を踏み入れ、店内をぐるりと見回した後、渋い表情で回れ右して出ていったことがあった。

どうして帰ってしまったのでしょう、と戸惑う私に、

『盗難が不可能だと判断したのでしょうね』

冷ややかにそう言ったホームズさんが印象的だった。

「そういえば、ホームズさんって『万引き』ではなく『盗難』と言いますよね」

私が思い出したように洩らすと、ホームズさんは、はい、と力強くうなずく。

「『万引き』なんて曖昧な言葉を使っているのは、良くないと思っています。『いじめ』も

然りで。しっかり『盗難』、『傷害罪・侮辱罪』と言っていくべきです」

なるほど、と私は大きく首を縦に振る。

「言葉は大事ですよね」

そうですね、と言って、ホームズさんは話を戻した。

「ひとまず、安心して、最後の修業に行けます」

週明けからホームズさんは、税理士資格取得のため、四条《しじょう》通にある税理士事務所に働きに行く。

彼は既に試験を受ける資格を持っているそうだが、実務経験を積みたいとのことで、一年間だけ修業するそうだ。

勤務は平日のみで、九時から十七時半まで。そこでの仕事が終わると『蔵』に来て、店のことをするという。

「ホームズさん、ダブルワークになるんですね」

彼の体が心配になって、私の声が意図せずくぐもった。

「平気ですよ。葵さんだって、学生とバイトのダブルワークではないですか」

そう言われて、私はぱちりと目を瞬かせて、苦笑した。

「それは少し違うような……」

「変わりませんよ。それよりも心配なのは、小松《こまつ》さんのところから仕事を頼まれて、トリプルワークになってしまうことでしょうか」

「今もちゃんと小松探偵事務所ともつながっているんですね」

私が、くすっと笑うと、ホームズさんは微かに肩をすくめる。

「あそことも腐れ縁になりそうですね」

そんな話をしていると、カラン、とドアベルが鳴った。

「いらっしゃいませ」

と、顔を向けて、私は「あっ」と驚きの声を洩らす。

そこにいたのは、長い黒髪が印象的な美しい女性――。

ジウ・イーリン（景一琳）さんだった。

彼女は上海出身の実業家で世界屈指の大富豪、ジウ・ジーフェイ（景志飛）を父に持つお嬢様だ。

今日の彼女は、Tシャツにジーンズと、とてもラフな出で立ちだ。

「おや、これはこれは、こんにちは」

彼女も、こんにちは、と微笑む。

「イーリンさん、どうぞ、お掛けください」

私がそう言うと彼女は嬉しそうに会釈をして、カウンター前の椅子《いす》に腰を下ろした。

「――今日は『これから、お世話になります』という挨拶に来たの」

ホームズさんがコーヒーを出したタイミングで、イーリンさんははにかみながら長い髪を耳に掛けた。

カウンターを挟んで彼女の向かい側に並んでいた私とホームズさんは、思わず顔を見合わせてから、イーリンさんに視線を戻す。

「お世話になるというと？」

「私、十月期の入学で、京都の大学院の修士課程を受講することになって……」

えっ、と私は目を見開いた。

「イーリンさん、京大の院生になるんですね⁉」

違うわ、とイーリンさんは慌てたように言う。

「京大じゃなく、京都の私大よ。修士課程も一年間だけなんだけど……」

彼女が行くのは、京都市内にある有名な私立大学だった。

そうでしたか、とホームズさんは意外そうに洩らす。

「そこでも医学を？」

イーリンさんは、アメリカの大学で医学を学んでいたのだ。

ううん、とイーリンさんは首を横に振る。

「あなた方と出会って気付いたのだけど、私が医学を志したのは、父に『すごい』と褒めてもらいたかっただけで、私が心から進みたい道ではなかったの」

それでね、とイーリンさんはカウンターに置いた手を組み合わせる。

「自分が本当に何をしたいか考えた時に、ジウ家の一員として、父の——家の役に立ちたいという想いの方が強いことが分かった。それで、経済学研究科を……」

ホームズさんは、へぇ、と洩らして腕を組んだ。

「ですが、経済を学ぶのでしたら、Ｐｅｎｎ（ペンシルバニア大学）やＭＩＴ（マサチューセッツ工科大学）の方が良いのではないでしょうか？」

イーリンさんは、そうよね、と肩をすくめた。

「父にもまったく同じことを言われたわ。父の役に立ちたいという気持ちと同じくらい、今しか味わえない『楽しい学生生活』というものを送ってみたいという気持ちが強くて。だから、葵さんが入っている『京もっと』に参加したいと思ったり……」

『京もっと』とは、『京の町をもっと素敵にしたいプロジェクト』の略。

リーダーは、私の大学の先輩の梶原春彦《かじわらはるひこ》さん（秋人《あきひと》さんの弟）で、大学の枠を超えてメンバーを募り、京都を盛り上げるイベントやボランティア活動をしている。

「ぜひぜひ、参加してください。大歓迎です」

私は弾んだ声でイーリンさんの手を取って言った後、とはいえ、と付け加える。

「私はバイトが忙しくて、なかなか参加できていないんですが」

「ありがとう。それに、その、自分の中でがんばりたいこともあって、京都に来たの」

イーリンさんの語尾が小さくなっていた。

彼女の頬と耳がほんのり赤くなっている。

私は思わず、あっ、と声を出しそうになった。

イーリンさんは、円生《えんしょう》（本名・菅原真也《すがわらしんや》）との仲を深めたいと日本に留学を決めたのだ。

急に腑に落ちた私は、咄嗟《とっさ》にホームズさんの方に目を向ける。

ホームズさんは、少し愉《たの》しげに微笑んでいた。

どうやら、彼はすべてを分かったうえで、アメリカの大学の方が良いのでは？　と言っていたようだ。相変わらず、いけずである。『安定のホームズさん』だ。

それで、とイーリンさんは顔を上げて、ホームズさんを真っすぐに見た。

「私をここに置かせてもらえませんか？」

「と、言いますと？」

ホームズさんは小首を傾《かし》げる。

一見、よく分かっていない様子だが、実のところしっかり彼女の言いたいことを理解しているに違いない。

「大学が始まるまでの一か月間、ここで働かせてもらいたいんです。ここで美術のことを学びたいし、何より葵さんのことをよく知りたいの。勉強させてもらいたいだけなので、バイト代はいりません」

えっ、と私は目を瞬かせて、胸に手を当てた。

「私のことを……？　ホームズさんではなくて？」

「ええ、葵さんのことを、知りたいんです」

イーリンさんの目は真剣だった。

私の何をそんなに知りたいのだろう？

私が戸惑っている横で、ホームズさんは納得した様子で、分かりました、と首を縦に振る。

「ちょうど今、人手不足なんですよ」

と、彼は、これから自分が一年間、税理士事務所に行くことが決まったこと、先日から利休《りきゅう》くんがニューヨークに行っているため、私と店長に負担がかかっていることを話し、にこりと目を細めた。

「ですので、大学が始まるまでのバイト、歓迎いたしますよ」

イーリンさんは、明るい顔でうなずく。

「嬉しい、ありがとうございます」

「あなたにとって微々たるものだと思いますが、規定のバイト代もお支払いします。無償で働かせるというのは、僕たちの信条に反しますので」

イーリンさんは立ち上がって、深々とお辞儀をする。

「よろしくお願いいたします」

「こちらこそ、よろしくお願いします」

と、私も頭を下げる。

「葵さんに後輩ができましたね」

「えっ、後輩？」

イーリンさんは、私の方を向いて頭を下げた。

「よろしくお願いします、葵先輩」

「わっ、先輩なんて、そんな……」

ホームズさんが、にこりと笑った。

「実際、先輩になりますからね」

私にとって、初めての後輩なのだ。

「そっか、ここでは、一応先輩になりますもんね」

「はい、ビシバシしごいてくださいね、先輩」

そう言って微笑んだイーリンさんに、私はそんなと目を丸くする。

嬉しくも、また何かが起こりそうな気がしてならない、秋のはじまりだった。

第一章　粋な計らい

1

私がこの秋から、京都の大学に留学を決めたのは、ある決意を固めたからだ――。

「今日からよろしくお願いいたします」

ジウ・イーリンは、骨董品店『蔵』に足を踏み入れて、深々と頭を下げた。

「あっ、イーリンさん、おはようございます」

せっせと什器に掛かっている布を取っていた真城葵は、振り返って笑顔を見せた。

家頭清貴の姿はなかった。

今日から税理士事務所で仕事をするそうで、店内は二人である。

開店前ということで店内にいつも流れているジャズの音がなく、とても静かだ。

そのためか、この場の空気が緊張に包まれているように感じる。しかしこれは自分だけが勝手に感じていることだ。

　相手が誰であろうと長時間二人きりになるということに、イーリンは緊張せずにはいられなかった。

　三人以上であれば、聞き役に回ってさえいればやり過ごせるものだが、二人きりだとそうはいかない。

　イーリンの周りには、複数人でいる時は良い顔を見せていても、二人きりになるなり変貌する人が多かった。

　今自分が緊張しているのは、誰かと二人きりになるたびに苦い思いをしてきたのが自分の中に傷として残っているからなのかもしれない、とイーリンは思う。

　そういえば、これまで葵と二人きりになったことはあるが、長い時間は初めてだ。

　彼女は一体、どんなふうに変化をするのだろう――？

　葵はいそいそと給湯室へ入っていったかと思うと、胸に何かを抱えて戻ってきた。

「これからどうぞ、よろしくお願いいたします。これ、イーリンさんのエプロンです」

　そう言うと、葵はビニールに包まれた黒いエプロンを差し出した。

「ありがとうございます……」

「荷物は給湯室の奥の棚に置いといてください。ハンガーと小さなロッカーがありますから、バッグはそこに。スマホはエプロンのポケットに入れておいて大丈夫です」

「スマホ、持っていて良いのかしら……いえ、良いのでしょうか？」

慌てて語尾を変えると、葵は小さく笑った。

「イーリンさん、無理に敬語を使おうとしなくて良いですので」

「えっ、でも、葵さんは先輩で……」

「イーリンさんは年上ですし、これまで通り自然に話してもらえると嬉しいです」

そう言うと、葵は自分のポケットからスマホを出して、話を戻した。

「スマホは古美術品の写真を撮ったり、分からないことを調べたり、メモをする必要も出てくると思いますので、持っていて良いと言ってもらえています」

「つまり、店内で検索してもいいのね？」

「はい。お客様がいる時はおおっぴらにはしないでほしいんですが、私たちスタッフだけの時は分からないことの確認とかは気にせず。あと、お客様がいる時に電話がかかってきたら、給湯室か外に出て受けてくださいね」

分かったわ、とイーリンはうなずいて、給湯室に入る。

中は一般家庭のキッチン程度の広さだった。

水道とガス台とポットがあり、棚の上にはマイセンやコペンハーゲン、アラビアなどさまざまなカップ&ソーサーと、『Kura《クラ》』と刻まれたマグカップが並んでいた。

「素敵……」

カップだけではなく、コーヒーや紅茶が入った缶もお洒落で、まるで専門店のようだ。

給湯室の奥には、カーテンで仕切られた着替えができるスペースがあった。

そこには姿見があり、頭上の突っ張り棒にはハンガーが掛かっている。

イーリンは羽織っていたジャケットをハンガーに掛けた。足元を見ると、葵が言っていたように小振りのバッグがようやく入る程度のロッカーが四つあった。

イーリンはハンドバッグからスマホを出して、バッグをロッカーに入れ、そのままエプロンを身に着ける。

いつも葵が身に着けているのと同じ黒いエプロンだ。

イーリンは、エプロンをつけた自分の姿を鏡に映す。

我ながら『悪くない』と思い、少し気を良くしながら、エプロンのポケットにスマホとロッカーのカギを入れて、給湯室から出た。

葵は、わっ、と明るい顔を見せる。

「イーリンさん、素敵です」

「そうかしら?」

と、イーリンは胸に手を当てて、はにかむ。

「はい。イーリンさんもシュッとしているので、白いブラウスに『蔵』の黒エプロンがよく似合っています」

「シュ……？」

その日本語が分からなくて、イーリンはポケットからスマホを出し、検索する。

主としている——自分の中で大部分を占めている。

そんな回答を目にして、イーリンは眉間《みけん》に皺《しわ》を寄せる。

「あっ、すみません。『シュッとしてる』って、京都をはじめとした関西の方言なんですよ。私もすっかり、日常的に使うようになってしまいまして……」

えっ、とイーリンは、スマホから目を離して、葵を見る。

「どういう意味なの？」

ええと、と葵は弱ったように天井を仰ぐ。

「スラッとしているとか、スタイルが良いとか、清潔感があるというか……」

「つまり、清貴さんのような？」

そう問うと、葵は小さく笑った。

「はい、まさに。ホームズさんは『シュッとしてる』を具現化したような人かと」

つまり、褒められていたようだ。

イーリンは嬉しくなって、背筋を伸ばす。

「私も彼のようにアームバンドをつけようかしら」

「似合うと思いますよ」

葵はその後、店でやることを教えてくれた。

まず、開店準備の作業。

什器《じゅうき》に掛かっている布を取り、畳んで戸棚にしまう。

その後、店内の掃除に入るのだが、葵は音楽を聴きながら作業するのが好きなので、この時に音楽を流すのだという。

まずは店内の商品の埃《ほこり》を丁寧に取った後、箒《ほうき》で床を掃き（特に隅々を念入りに）、ゴミや埃を集めて、その後に掃除機をかける。

「でも、商品の埃は朝だけでは絶対に取り切れないので、暇な時間ができたら、常に取っていくようにしてほしいんです」

と、葵はコードレス掃除機の用意をしながら言う。

イーリンは少し驚いて、葵を見た。

「えっ、一日中掃除を？」

はい、と葵は当たり前のようにうなずく。

「『蔵』にあるほとんどの品が古い物なので、埃が溜《た》まると、すぐに重たい雰囲気になってしまうんですよ」

そう言われてみれば、『蔵』は店構えこそ入りにくい雰囲気だが、店内は骨董品店特有の暗さがない。明るさと清々しさがあるのだ。

イーリンは遠い目をして、ぽつりと洩らす。

「そういえば、ジーファも『埃は、人の念とくっつくものだ』って言ってたわね……」

小さく囁《ささや》いた声だったが、葵の耳に届いたようだ。

「たしかに、古美術品に埃が溜まったら、その品に残された念が増幅されるような気がするんですよね。ありえる話だと思います。どなたが仰《おっしゃ》っていたんですか?」

「あ、ジーファは、私の育ての親のような人よ。日本風に言うと『ばあや』かしら」

イーリンははにかんで答えて、作業を続ける。

それから店先を掃いて、窓拭きをし、ざっと朝の掃除を終えた後は、レジの準備に入るのだという。

これまで、『蔵』のレジをしっかり見たことがなかったが、木製のアンティークなレジスターだった。

「随分、レトロね。これ自体、古美術品のようだわ」

イーリンはそう言って、レジをまじまじと眺める。

「はい。オーナーの……というか、家頭家の好みでして、今やもうお金を入れておくだけのレジなんです。で、計算なんかはこっちのタブレットでしているんですよ」

葵はいたずらっぽく笑って、レジ横に立てかけてある小型のタブレットをイーリンに見せた。

「このタブレットの使い方は、後で説明しますね」

葵はカウンターの下から小さな金庫を出すと、ダイヤルを合わせて蓋《ふた》を開け、その中に入っていたお金をレジの中に入れていく。

「レジの準備を終えたら、看板を外に出して、『OPEN』の札を掛けます」

開店時間は、基本的に十時だが、十一時の日もあり、まちまちだという。

「そもそも、午前中って、お客様が全然来ないんですよ」

葵の言葉通り、『OPEN』の札を出しても、人が入ってくる様子はない。

アーケードを行き交う人々は多いというのに、素通りしていくのだ。

「……これで商売になるのかしら」

思わず正直な感想を吐露したイーリンは、しまった、と口を閉じる。

葵は、小さく笑った。

「私も最初、同じことを思っていたんですよ。オーナーにとって、この店は古美術品の在庫置き場くらいの感覚のようです。実際、売り上げにつながっているのは店内ではなくて、顧客の許を訪れた時だそうで……」

ああ、とイーリンは相槌をうつ。

たしかに、宝石店でも大きな売り上げにつながるのは、店内販売ではなくセレブ宅への訪問販売だと聞く。

イーリンは納得しながらも、さらなる疑問に眉根を寄せた。

「でもそれなら、店をやっていなくてもいいのよね？」

「ホームズさんが言うには、ここで長く店をやっているというのは、大きな信頼に値するそうなんです。何よりこの店に興味を持って入って来た人に、『古美術品を観てもらいたい』という気持ちがあるそうで……」

でも、と葵は続けた。

「時代は変わって、そんな悠長なこともやってられなくなってきたそうで、後継者のホームズさんはいろいろ考えていますね」

清貴は料亭などに対する古美術品のサブスクリプションや、京都に関するコンサル業務、さらに税理士の資格の取得と、さまざまなビジネスを考えているようだ。

清貴いわく、収入の入口はひとつじゃない方がいいらしい。

「それはよく分かるわ。これまでの日本って『副業禁止』のところが多かったけれど、今の時代はそれだけじゃやっていけないものね」

イーリンがそう言うと、そうなんですよねぇ、と葵は目を伏せる。

「とはいえ、ホームズさんのように器用な人なら、そういうこともできるんでしょうけど、私だとそうもいかないんです。あれもこれもできるタイプではなくて」

「あら、そうなの？」

はい、と葵はうなずく。

「今は学校とこのバイトだけで手いっぱいで、『京もっと』の活動もなかなか参加できてませんし。夏の間は、インターンとして京都国立博物館へ行っていたんですが、その時はここでバイトもできなかったんですよ。夢中になると、そればかりになってしまうんですよね……」

葵はそう言って、小さく息をついた。

その言葉は、意外だった。

イーリンが調べた限りでは、真城葵は京都にやってくるまで、美術にまったく携わっていない普通の学生だった。しかし、骨董品店『蔵』でバイトを始め――家頭清貴に師事するようになって、みるみる才能を伸ばし、たった数年で名の知れたキュレーター、サリー・バリモアの特待生にまでなっている。

真城葵という人物は、清貴とはタイプが違えど、彼と同様に特異で優れた人間なのだと、イーリンは思っていたのだ。

「私、あなたも清貴さんのように器用で要領の良いタイプなんだと思っていた」

イーリンが独り言のようにつぶやくと、葵は勢いよく首を横に振る。

「いえいえ、そんな」

「でも、葵さんは短期間で、サリーが特待生だと認める見識を得たのよね？　相当、勉強したと思うのだけど、それはどうやったのかしら？」

真剣に訊ねると、葵は微かに苦笑した。

「夢中になったんです」

夢中？　と訊《き》き返すと、葵は首を縦に振る。

「はい。古美術に嵌《はま》ってしまったんです。実は『勉強をがんばった』なんてまったく思ってなくて、ただ、好きなことに夢中になっていただけなんですよ。私は基本的に一つのことしかできないタイプなんで、ほんと、駄目なんですよね。ホームズさんのようにあれもこれもできたらと思うんですが」

葵はそう言って、微かに肩をすくめる。

少ししゅんとしているその姿を見て、思わずイーリンの頬が緩んだ。

しかし葵に気付かれないように顔を背けて、口に手を当てる。

イーリンの周りは、自分を大きく見せようとする者ばかりであった。こんなにも素直に自分のできない部分をあけすけに語る葵の姿は、イーリンにとって新鮮だった。

「ここで日々、古美術に触れていることで、好きになっていったのかしら？」

「はい。それと、ホームズさんが暇を見付けては、古美術についてレクチャーしてくれたのが大きいです。気が付くとずぶずぶと沼に……」

「嵌るってそんなものよね」

私もそう……、とイーリンは心の中で思う。

イーリンの心を捉えたのは、円生の作品だった。

イーリンは振り返って店内に飾っている円生の作品に目を向ける。

あれは『蘇州《そしゅう》』を描いたものだ。やはり、良いとしみじみ思う。ここに来るたびに観られると思うと、嬉しさが募る。彼が描いた曼荼羅《まんだら》には圧倒され、『夜の豫園』を前にした時は、心を鷲掴《わしづか》みにされたものだ。

香港のミュージアム、『M+』に展示されていた円生の新作がイーリンの頭を過る。

タイトルは『今都《こと》』。

今の京都の町並みを描いたものだった。

美しかった——。

思い出しただけで、イーリンの口から熱い息が洩れる。

円生の作品に魅了されていたのは、イーリンだけではない。

イーリンの父も同じであった。

もしかしたら、父の方が嵌ってしまったのではないだろうか、とイーリンが思うほどだ。

「そういえば、イーリンさんのご家族は日本への留学を反対しなかったのですか?」

葵に問われて、ぼんやりしていたイーリンは我に返る。

「されなかったわ。私に医者は向いていないと思っていたみたい。それに父にとっては、ちょうど良かったみたい」

「ちょうど良い?」

と、葵が小首を傾げたので、イーリンは曖昧な笑みを返す。

イーリンは、留学の準備を整えてから、父に報告した。

これから留学しても良いか? とお伺いを立てて、父に反対されたなら動けなくなってしまうからだ。

イーリンにとって一大決心であった。

父がどんな反応を示すのか、不安だった。

怒るのか、喜ぶのか、無関心なのか……。

しかし、父の反応は意外なものだった。

『秋から京都の大学院に進むのか……。それはいい。ちょうど、おまえに頼みたいことがあったんだ』

嬉しそうに言う父に、イーリンは拍子抜けだった。

『頼みたいこととは？』

『高宮《たかみや》という男を知っているだろう？』

父の問いかけに、もちろんです、とイーリンはうなずいた。

『円生さんの絵を落札した資産家ですよね』

『そうだ。彼は、好事家としても知られている。時間がかかってもいい。どうにかして高宮宗親《むねちか》と親しくなり、彼が所有しているコレクションの中で調べてきてほしいものがある。人を雇って調べさせたのだが、情報が掴めなかったんだ』

イーリンは、そんな父とのやり取りを振り返るとともに、身が引き締まる思いで、拳を握る。

父の期待に応えたい。

なんとかして、高宮に接触を図りたい。

さらに高宮と親しくなるためには、共通の話題——骨董品の知識が必要だ。

そうしたことも、『蔵』でのバイトを決めた理由のひとつであった。

「葵さん、私も『蔵』のレクチャーを受けてみたいわ」

「ぜひぜひ。ホームズさんは、夕方六時にはここに戻ってくると思うので……」

イーリンは、ううん、と首を振って葵の言葉を遮った。

「私は、葵さんのレクチャーを受けてみたいの」

葵は、えっ、と目を瞬かせる。

「私でいいんですか？」

「もちろん。今この店にある品で、葵さんのおすすめは何かしら？」

葵は、そうですね、とガラスケースに目を向けた。

その中には店内でも高価な品が展示されている。

「おすすめはやっぱり志野《しの》の茶碗でしょうか。古美術の世界では、とても有名な茶碗なので、今さらという感じですが……」

「そうね。有名だし、上海博物館での展示会で観たことがあるけれど、よく知らないから、ぜひ教えてもらいたいわ」

志野茶碗をよく知らないというのは、イーリンの嘘だった。

上海博物館の展示会は、イーリンの父が上海市民の心を掴みたいと『世界至極の美術展』と銘打ち、主催したものだ。上海博物館に、世界中の宝を集めた。

日本の展示の目玉は、世界に三点しかない国宝、曜変天目茶碗《ようへんてんもく》揃い踏みであったが、同じく国宝である志野茶碗『卯花墻《うのはながき》』も展示された。

その際、イーリンは志野茶碗がどんなものなのか、一通り勉強していたのだ。

知らない振りをしたのは、意地悪心からではない。

単純に、葵がどんな説明をするのか知りたいと思ったためだ。

「それでは」

と、葵がガラスケースから志野茶碗を取り出し、カウンターの上に置いた。

骨董品店『蔵』が所有している志野茶碗は、特有の歪みがあり、白をベースに赤褐色の模様が入っている。

葵は茶碗に目を落としたまま、口を開く。

「そもそも、『志野茶碗』とは、『志野焼』の茶碗ということなのです。日本には、三大焼き物と言われているものがありまして、それが、『瀬戸《せと》焼』、『美濃《みの》焼』、『有田《ありた》焼』です。これら三大焼き物は日本の焼き物文化に大きな影響を与えたと言われています」

美濃とは、現代の岐阜県のこと。

『美濃焼』は、その周辺地域で制作された陶磁器の総称だという。

『瀬戸焼』は、愛知県瀬戸市とその周辺で生産される陶磁器の総称であり、『有田焼』は、佐賀県での生産が主である、と葵は話す。

「では、ここで問題です」

と、葵はいたずらっぽく笑って、イーリンを見た。

「この志野焼は、三大焼き物の中で、何焼に分類されると思いますか?」

えっと、とイーリンは記憶を辿る。

「……美濃焼、かしら?」

そう答えると、葵はパッと顔を明るくさせた。

「正解です。志野焼は、美濃焼に分類されます。志野焼のはじまりは、『志野宗信《そうしん》』という室町時代の香道家が美濃の陶工にお願いして作らせたところからといわれています」

志野茶碗には、無地志野、鼠《ねずみ》志野、絵志野、紅《べに》志野、赤志野、練り上げ志野、志野織部《おりべ》などの種類がある。

これらは、重要無形文化財に指定されている技法があるという。

「中でも特徴的なのは、絵志野、鼠志野、紅志野だと思っていまして……」

絵志野は、『鬼板《おにいた》』という鉄分を多く含む顔料で絵付けした上から志野釉《ゆう》（長石釉《ちょうせき》）をかけて焼いたもの。

初期の志野茶碗の多くはこれに分類され、もっともオーソドックスなタイプだと葵は話す。

鼠志野は、下地に鬼板で鉄化粧を施し、文様を彫り、志野釉をかけて焼く。そうすることで、鉄の成分や窯の条件から、鼠色や赤褐色に焼き上がる。

同じ手法で赤く焼き上げたものが、赤志野になるそうだ。

紅志野は、鬼板より鉄分が少ない黄土で化粧をし、その上に文様を描き、志野釉を施したもの。この志野釉が少なくなると真っ赤な肌になるという。

さて、と葵は『蔵』の志野茶碗に目を向ける。

「こちら、『蔵』の志野茶碗は、何の種類に当てはまるでしょうか？」

「そうね、絵志野かしら……？」

「正解です」

「葵さんのレクチャーは、クイズ形式なのね」

イーリンが頬を緩ませると、葵ははにかんだ。

「これは間違いなく、栗城《くりしろ》さん――京都国立博物館の副館長の影響ですね」

「ああ、インターンに行っていたのよね」

「そうなんです。副館長の栗城さんはとても楽しい方で、いつもクイズ形式で教えてくださっていたんですよ。その時は愉快な人だなぁ、と思っていただけなんですけど、振り返ってみると、あの時のクイズがしっかり記憶に残っているんですよね」

「楽しく学べるって、そういうことかもしれないわね」


こんな調子で葵は、楽しく丁寧にいろいろと教えてくれた。

イーリンが疲れた様子を見せると、休憩を取ることをすすめてくれたり、コーヒーを淹れてくれたりし、気が付くと日が暮れていた。

『蔵』はアーケードの中にあるが、寺町《てらまち》通と三条《さんじょう》通が交差するあたりに位置しているため、二つのアーケードが途切れた隙間から、空を眺めることができた。

日が暮れるまでの間、店内に入ってきた客は三組ほどだ。

一組目はカフェと間違えて回れ右をして出て行き、二組目の客は店内をぐるりと見て回っただけ。

そして、三組目が今だった。

葵がたまたま回覧板を届けに店の外に行っている時に、カランとドアベルが鳴って、焦げ茶色の和服を纏った男性が入ってきた。

歳は三十代半ばくらい。

髪は兵隊のように短めで、顔はとてもあっさりしている。

「家頭清貴さんは……？」

と、彼は店内を見回す。

「今日は、夕方六時くらいに来られると聞いています」

そうか、と洩らして、彼は私を見た。

「あんた、噂の人だろ？」

そう問われてイーリンは、えっ、と目を見開く。

たしかに、ジウ家は名が知れている。自分のことが、噂になっていたのだろうか？

イーリンが戸惑っていると、彼は弱ったように頭を掻《か》いた。

「……たしかあんたとは楽屋で会ってるはずなんだが、まったく覚えちゃいねぇんだ。こんな別嬪さん、一度見たら忘れないと思うんだが……。きっと、あの清貴さんと関わって洗練されたんだろうな」

彼はぼそぼそと独り言を洩らしながら、小さな箱をカウンターの上に置いた。

「今は時間がなくて六時までは待ってられないから、言付けを頼みたい」

箱の中には、親指ほどの大きさの鼠《ねずみ》の彫刻が入っていた。

木彫りであり、ころんと丸まったフォルムが愛らしい品だ。

「これを清貴さんに鑑定してほしいんだ」

彼の言葉に、イーリンは黙ってうなずく。

パッと見ても、これがなんであるか、イーリンには分からなかった。

どういうものなのか、即座にスマホを出して写真を撮って検索したかったが、今の自分は骨董品店のスタッフ。

お客様の前でそれをするのは、信用にかかわる行為だろう。

イーリンはあらためて、鼠の彫刻に目を落とす。

サイズは五センチ程度。

とても小さいが、鼠の毛並みまでしっかり再現されていて、つぶらな瞳がとても可愛らしい。

紐を通す穴も空いていた。

彼は目をそらしたまま、実は、と口を開く。

「先日、祖父が亡くなったんだが、俺たちにこれを遺してくれて……」

イーリンは黙って相槌をうつ。

この彫刻の出来は素晴らしいと思うが、亡き祖父が遺してくれた物としては、いささか寂しい気がする。

思わず彼の顔を見ると、表情が暗かった。

おそらく、彼も同じように思っていたのだろう。

だから、清貴に鑑定をしてもらおうという気持ちになったのだ。

「祖父はいつも多くは語らないけれど行動には意味を持っていた人だった。きっと、この根付《ねつけ》にも、俺たちに伝えたい何かが込められているんじゃないかと」

「あの、『俺たち』というのは……？」

「俺と弟と親父だよ」

「みなさん、鼠だったのでしょうか？」

「いや、弟が蛙《かえる》で、親父が大黒さんだな」

だいこくさん、とイーリンは洩らす。

これもよく分からない。

後で調べることにしよう。

「それじゃあ、明日の夕方六時頃に引き取りに来るよ」

「ありがとうございました」

と、イーリンは彼の背中に向かって、頭を下げる。

彼は扉の前で足を止めて振り返り、会釈をしてから店を出て行った。

その所作がとても美しいと感じた。

和服を着ていたし、もしかしたら、華道家なのだろうか？

そこまで思い、あっ、とイーリンは口に手を当てる。

「そういえば、名前や連絡先を訊いてなかった！」

慌てて店の外に出て辺りを見回したが、もう彼の姿は見えなくなっていた。

イーリンは息をついて、店の中に戻る。

「どうしよう……」

小物を見下ろして、ぽつりと零《こぼ》した時、

「遅くなってしまってごめんなさい」

と、葵が店に戻ってきた。

「美恵子さんと、つい長話をしてしまいました。あっ、美恵子さんと言うのは、商店街の洋装品店の店長さんなんです。七十代の女性なんですが、オーナーとは長い付き合いだそうなんですよ」

　葵はそう話をしながら、イーリンの様子が暗いことに気付いて驚いたように訊ねる。

「イーリンさん、どうされました？」

「あの、葵さん、ごめんなさい」

　そう言ってイーリンは深く頭を下げる。

「もしかして、何か壊してしまいましたか？」

「そうではなくて、失敗してしまって」

「失敗？」

　葵はぱちりと目を瞬かせた。

　イーリンは、男性客の来訪について一部始終を伝え、

「――それで、この小物を置いて帰っていかれたんですよ。その男性、私に会ったことがあるような口振りだったので、名前を訊きにくかったのもあって」

　そう言って肩を落とした。

　葵は、ふむふむと話を聞き、小物に顔を近付ける。

「これは、『根付』ですね」

「ねつけ？」

そういえば彼もそんなことを言っていた気がするが、『ねつけ』と聞いても、よく分からなかった。

ええと、と葵は本棚から古美術本を出して、カウンターの上で開いた。

「根付というのは、簡単に言うと、留め具です」

「これで、何かを留めるのかしら？」

はい、と葵はうなずいた。

「印籠や巾着など着物の帯に引っ掛けるのに使うものです。江戸時代から明治時代にかけて、庶民の間でセンスを表現する装身具として人気だったそうです」

古美術本には帯の上に獅子の彫刻が乗っかるように出ていて、帯を通した下に印籠がぶら下がっているイラストが添えられている。

「つまり、帯に付けるストラップということよね？」

「はい。言ってしまえば、キャラクター付きストラップなんですが、根付師さんとしては、根付をストラップと呼ぶのは、『粋』ではないと考えているようです」

「粋というと？」

日本語が堪能なイーリンだが、聞きなれない言葉になるとピンとこない。

「ええと、美意識というか」

と、葵は弱ったように答えて、話を続けた。

「根付は『掌《てのひら》で鑑賞する芸術』と言われています。三センチから五センチ程度の小さなものですが、デザインがとても多様なんです」

日本の昔話や中国の故事、江戸の風俗、動植物や架空の動物などがモチーフとして用いられていて、特に動物が人気だという。

なるほど、こうして見ると、鼠、猿、犬など、リアルに彫られているが、マスコットのようでとても愛らしい。

特徴は、印籠などをつけるために必ず紐通しがついているところだと、葵は話す。

「でも日本の時代劇を見たことがあるけど、印籠というのは位の高い人が持っているものなのよね？　庶民も持っていたの？」

イーリンの問いに、葵は、はい、と微笑む。

「実は私も同じように思っていたことがあるんですが、印籠自体は、薬などを入れておくただの入れ物なんですよ。時代劇では印籠そのものではなく、そこについていた家紋にみんながひれ伏していたんです」

へぇ、とイーリンは相槌をうつ。

葵は本のページをめくりながら、根付の説明をしてくれた。

「こちらの根付は木彫りですが、象牙、水牛、鹿の角、木、陶器、金属などさまざまな素材で作られていました。この通りの高度な装飾は、日本独自の美術品として海外でも高く評価されているそうです」

さらに根付は、形状によって、いくつかの呼び方があるという。

形彫《かたぼり》根付は人物、動植物、器物、風景などのモチーフが彫刻されている。

面根付は、能狂言、伎楽《ぎがく》など、舞台芸術で使われていた伝統的な面がモチーフ。

饅頭根付は、饅頭の形をした円形で平らな根付。

鏡蓋《かがみぶた》根付は、饅頭と同様に平たい形だが、中が空洞のボウル状で、蓋（金工の作品が多い）が付いている。

柳左《りゅうさ》根付は、徳川将軍家お抱えの挽物師《ひきものし》、池嶋立佐の名前が由来のもので、挽物の技工で制作された香合のような形状の根付。

差し根付は、帯や袴紐の間に挿して使われるため、長くて平坦な形状。

灰皿根付は、煙管で喫煙した際に、灰をおとす機能的な根付。別名、火叩《ひはたき》根付ともいう。

箱根付は本体と蓋に分かれて作られており、紐通しは蓋の裏と本体の底に備えられている。

「つまり、お客様が置いていったのは、形彫根付……」

イーリンは、鼠の根付を覗くようにして言う。

葵は、そうですね、とうなずく。

「私、根付に詳しくないので、作者までは分からないのですが、この彫刻を見る限り、とても良い品であるのは伝わってきます」

そんな話をしていると、カラン、と扉が開いた。

もしかしたら、さっきのお客様が戻ってきたのではないか。

イーリンが期待して振り返るも、そこにいたのは、艶《つや》やかな黒髪の顔立ちが整った青年——清貴だった。

葵は、にこりと微笑んで清貴を迎える。

「ホームズさん、お疲れ様です」

「お疲れ様です、葵さん、イーリンさん」

と、清貴はビジネスバッグをカウンター前の椅子の上に置いた。

「税理士事務所での初日は、どんな感じでしたか？」

「今日一日は研修のようなものでした。スタッフの皆さんがとても親切で、良い雰囲気の職場でしたよ」

きっと女性スタッフが多いのだろう、とイーリンが勝手に予想して笑っていると、清貴は、そして、とイーリンに視線を移した。

「イーリンさんの初日はどうでしたか？」

「葵さんが優しく楽しく、とても丁寧に教えてくれました」

イーリンが微笑んで答えると、清貴は少し嬉しそうに相槌をうつ。

「そうでしたか。それは良かった」

「はい、もう仕事なのに、そうは思えないくらい楽しかったです」

葵は気恥ずかしそうにはにかみ、話題を変えた。

「そうだ、イーリンさん。今日この後、イーリンさんのご都合が良ければ、歓迎会をしたいと思っていたんです。どうですか？」

その言葉は嬉しかったが、ごめんなさい、とイーリンは日本式に合掌した。

「今夜は、ローリング・クラブの会合に出席する予定なの」

『ローリング・クラブ』とは、親善と社会奉仕を目的とする国際的な社交団体であり、実業家や政治家が所属する会員制クラブだ。

「あっ、そうだったんですね。それでは、あらためて、別の日に歓迎会を企画しても良いですか？」

そう言う葵に、イーリンは、喜んで、と返す。
「良いですね。葵さんの足洗いも兼ねて」
と、清貴が続けた。
足洗い？
聞き間違いだろうか、とイーリンは眉間に皺を寄せる。
葵は、いやですね、と肩をすくめた。
「私の足洗いは、もう済ませたじゃないですか」
やっぱり、『足洗い』と言っている。しかも、既にすませているらしい。
イーリンは躊躇《ためら》いながら、あの、と口を開いた。
「その足洗いは、清貴さんが、葵さんの？」
はい、と清貴はあっさりうなずく。
イーリンは、そうですか、と平静を装いながらも、心の中では動揺していた。
清貴が、葵の足を洗う……。
清貴が床に膝をついて、葵の足を丁寧に洗う姿を想像する。
『葵さん、足を引っ込めようとしないでください。ちゃんと洗えませんよ？』
『でも、くすぐったいんです』

『本当にくすぐったいだけですか？』

『……意地悪』

『いややな、葵さん。京男はいけずなんやで』

「！」

自分の頭に浮かんだ情景があまりにリアルで、イーリンの頬が熱くなった。

そんなイーリンの様子を見て、清貴が小さく笑う。

「すみません、イーリンさん。『足洗い』というのは、京都特有の言葉でして、『打ち上げ』や『慰労会』を意味するんです。先日、葵さんのインターンの打ち上げをしたばかりだったので……」

へっ、とイーリンの口から間抜けな声が出た。

葵が思わずという様子で、うふふと笑う。

「そういえば、私も初めて聞いた時は驚きました」

つまり、さっきの会話は『葵の打ち上げも兼ねて』ということだったのだ。

「あっ、そうなのですね。まだまだ、方言は難しいです」

イーリンは、思わず淫靡《いんび》な想像をした自分が恥ずかしく、火照る頬に手を当てる。

清貴はカウンターの上の根付に視線を移し、そうそう、と微笑んだ。

「先ほどから気になっていたんですが、鈴木正直《まさなお》の根付ですね」

清貴は、親指程度の大きさの小物をちらっと見ただけで、即座に言い当てる。

「やっぱり、鈴木正直でしたか」

葵も予測はしていたようで、少しホッとしたように胸に手を当てる。

二人ともさすがだ、とイーリンは感心しながら、鈴木正直について訊ねた。

「幕末から明治初期に活躍した伊勢出身の根付師です」

清貴はそう言うと、根付の箱を手に取る。

「こちらは、上田《うえだ》さんが持ってきたのでしょうか？」

「たしかに上田さん、好きそうですよね」

と、葵が笑う。

上田という人物は、店長（家頭武史《たけし》）の大学時代からの友人であり、浮世絵や根付など江戸時代の文化が好きなのだという。

「でも、上田さんではないんですよ……」

そう言って葵は、一連の出来事を伝えた。

ふむ、と清貴が腕を組んで、独り言のように洩らす。

「……そのお客様は、三十代半ばで和服を着た、あっさりとした顔立ちの男性だった。イーリンさんと楽屋で一度会ったことがあると言ったが顔は覚えておらず、少し戸惑った様子だった。そしてこの根付は亡くなった祖父の遺品であり、父親と弟にも遺している……となると、あの方ではないかと」

葵がごくりと喉を鳴らした。

「あの方って？」

「歌舞伎俳優、市片《いちかた》喜助《きすけ》のお兄様――市片松之助《まつのすけ》さんではないでしょうか。おそらく、会ったことがあるというのは、イーリンさんを葵さんだと思い込んだのではないかと」

あっ、と葵は口に手を当てる。

イーリンも歌舞伎役者・市片喜助のことは知っている。

この夏、南座《みなみざ》で上演された舞台『華麗なる一族の悲劇』では、清貴をモデルとした人物を演じているということで、注目していたのだ。

しかし、その兄のことは知らなかった。

葵も神妙な顔つきで相槌をうつ。

「たしかに、私と市片松之助さんは南座の楽屋で会ってはいますが、深く関わっていませんし、顔を覚えられていないのも無理はないと思います……」

さらに言うと、少し前に彼らの祖父が亡くなったというニュースがテレビで流れていたそうだ。

「そう聞いたら、松之助さんしかいない気がしてきました」

うんうん、と首を縦に振る葵の横で、イーリンは客の顔を思い浮かべて、腑に落ちないと眉間に皺を寄せた。

「ですが、そのお客様、市片喜助さんとはまったく似てなかったわよ？ 兄弟ならもっと似ていても良いわよね？」

葵は少し言いにくそうに肩をすくめた。

「あのご兄弟は、あまり似てないんですよ。お兄さんはあっさりした顔立ちで、弟の喜助さんは華やかな容姿というか」

清貴が、そうですね、と同意する。

「『実力派の兄と、顔だけの弟』と一時期、口さがない者たちが言っていましたが、辛口の批評家も認めるほど、松之助さんは素晴らしい役者です。特に女形《おやま》はとても美しいと評判なんですよ。もし、今日来られたお客様が松之助さんだとすれば、所作が美しかったのではないでしょうか？」

その言葉に、イーリンは思わず前のめりになる。

「そうね、彼は動きに品がありました」

「やはりおそらく、松之助さんでしょうね。彼のお祖父様は、自分の息子と孫に大黒さん、鼠、蛙の根付をそれぞれ遺した……」

と、清貴は独り言のように洩らす。

「そもそも、これは、良い品なのかしら……？」

イーリンの素直な問いに、清貴は根付に目を落とした。

「ええ、とても良い品です。こちらは、初代・鈴木正直の真作で、保存状態も良い。もし、うちで買い取らせていただけるなら、三百万の値をつけます」

「えっ、三百万も……？」

イーリンが目を丸くすると、葵は小さく笑った。

「イーリンさんでも、金額に驚いたりするんですね」

「それはそうよ。だって……」

この小さな木彫りにそんな値が付くなんて信じられない、という言葉を呑み込んで、イーリンは、あらためて根付を見る。

清貴は、イーリンの心中を察したように、話を続けた。

「物の金額というのは、需要——すなわち、欲しがる人がどれだけいるかにかかっています。根付には、昔から熱心なコレクターがいますし、鈴木正直は京都の好事家に人気なんですよ」

　そう言うと清貴は、鈴木正直の根付についての説明を始めた。

　彼の根付は、『木の宝石』と呼ばれるほど硬い朝熊黄楊《あさまつげ》という木を用いて作られている
ものが多く、その硬さを活《い》かし、細やかな彫刻を施しているのが特徴だという。

「鈴木正直の根付は可愛らしく、洒落が利いていて、温かみがあるのが特徴で、魅力です。

僕も大好きですよ」

　と、清貴はにこにこしながら話す。

「『初代』ってことは、二代目、三代目もいるってことかしら？」

　イーリンの問いに、清貴はうなずいた。

「はい。鈴木正直の作風は『正直派』と呼ばれ、二代目、三代目と伝統を継承していまし
て、現代まで続いているんですよ。たしか今は五代目だったと思います」

　イーリンは古美術本を開き、根付の一覧が載った写真を眺めた。

「本当に、いろんなデザインがある……根付もなかなか面白いのね」

　葵も、面白いですよね、と答えてから、思い出したように言う。

「そうそう、京都には『京都 清宗《せいしゅう》根付館』という、日本で唯一の根付専門美術館もある
んですよ」

そんな話をしていると、閉店時間を迎えていた。
扉に、『CLOSED』の札を掛け、看板を店の中に入れてカーテンを閉める。
「イーリンさん、もう上がっても大丈夫ですよ。ご用事があると仰っていましたし」
と、葵に声をかけてもらい、
「ありがとうございます、お疲れ様でした」
イーリンはお辞儀をして、店を出る。
無事、初日を終えて、イーリンはホッと息をつく。
志野の茶碗をはじめ、いろいろなことを葵から学ぶことができた。
とても、勉強になった。
それに……。
「二人きりでも緊張しなかったし、嫌なこともされなかった」
それどころか、ずっと気遣われていたのだ。
少し申し訳ない気持ちになりながら、腕時計に目を向ける。
今は十九時になったところだ。
会合は二十時からだから、ちょうどいいだろう。
イーリンは三条通から河原町《かわらまち》通に出て、タクシーに乗った。

2

本日開かれるローリング・クラブの会合は特別なものではなく、季節の変わり目に行われる定例会だ。

今回は『秋会』なのだという。

イーリンが所属しているのは上海のローリング・クラブであるが、会員であれば、世界各国の会合に参加することができるシステムになっている。

とはいえ、父の代理を頼まれた時以外、会合に顔を出すことはなかった。

京都の定例会は、鴨川《かもがわ》沿いに建つラグジュアリーホテルのホールで開かれていることが多いのだという。

イーリンは黒いイブニングドレスに着替えて、会場を訪れていた。

見ると、立食形式のちょっとしたパーティという装いである。

ワインの種類は豊富だが、フードはつまみ程度にしか揃《そろ》っていない。

集まっている参加者は、ほとんどが高齢者だ。がっつり食事に来た人などいないのだろう。

ちゃんと、何か食べてくるべきだった……。

イーリンは、ちらりとテーブルに目を向ける。

長テーブルの上には、小さなサンドイッチ、チーズと生ハムが載ったクラッカー、トマトのカプレーゼ、ローストビーフ、小さなケーキ、苺やシャインマスカットなどが並んでいた。

だが、今、中途半端に食べると余計に空腹感が増しそうだ。

自分はここに食事をしにきたわけではない。

イーリンは、空腹を紛らわすように白ワインを口に運び、会場内を見回した。

年配の男性の姿を捉えて、イーリンは微笑みながら歩み寄る。

「こんばんは、お会いできて嬉しいです」

イーリンが声をかけると、羽織に袴を纏った、一見人当たりの良い好々爺《こうこうや》は、おお、と目尻を下げる。

「これはこれは、ジウ家のイーリンお嬢様」

彼の名は、高宮宗親。資産家であり、好事家として知られている。

彼は蘆屋大成《あしやたいせい》（円生の父親）と円生の才能を見出した、最初の人物である。

イーリンは、あらためて父の言葉を思い返す。

高宮に接触し、彼のコレクションの情報を得ること。

それには、親しくなる必要がある。

「イーリンさんは、京都旅行中ですか？」

高宮に問われて、イーリンは小さく首を横に振る。

「実は、十月から京都の私大の院生になるんです」

そう言うと彼は、愉快そうに微笑む。

「目的はなんでしょうか？」

てっきり専攻を訊かれると思っていたイーリンは、一瞬言葉に詰まった。

実のところ、今の自分は父の依頼で、こうして高宮に接触している。

そのことに気付いたのだろうか？

いや、そんなことはないだろう。

彼は、『京都に留学を決めた目的』を訊ねているのだ。

「家頭清貴さんたちと関わったことで、日本――特に京都――に興味を持ちまして、もっと京都について知りたいと思ったんです」

そうですか、と彼は目を細めて、相槌をうつ。

すべてを見抜かれているような気がして、イーリンはばつの悪さを誤魔化《ごまか》すようにワインを口に運んだ。

「わたしはてっきり、円生が目的だと思っていましたよ」

思いもしなかった言葉に、イーリンは、えっ、と目を見開く。

「そんなっ、円生さんが、目的だなんて」

高宮の言う通り、イーリンは円生に惹《ひ》かれている。『蔵』でバイトを始めた理由は、骨董品の知識を得たかったからと、もう一つ、円生が想いを寄せている葵のことをもっと知りたかったからだ。

だが、円生が『目的』かと問われると、少し違っている。

自分の目的は、他にあった。

イーリンが目を泳がせていると、

「あなたの父親も大層、円生に目を掛けている。あなたは、彼を他の者に奪われないよう、目を光らせに来たのではないでしょうか？」

そういう意味だったのか。

イーリンは、平静を取り戻すように呼吸を整えてから、にこりと微笑む。

「そんなことは……。そもそも彼は誰のものでもありませんよね？」

もちろんそうです、と高宮は答える。

「ですが芸術家は、孤高ではその才能を伸ばすことができません。モーツァルトには父親が、ブラームスにはコッセルという師がいたように、芸術家にはその者を支えたり、導いたりする存在が必要です。わたしとあなたのお父様はおそらく同類で、わたしたちは共通の『欲』を持っています」

「共通の欲……というと？」

「素晴らしいクリエイターを発掘し、支えたいという欲です」

彼の言う通り、父はクリエイターの発掘と育成に積極的だ。

上海博物館での展示会もそうした取り組みの一環である。

とはいえ、それは父が芸術を愛しているから、というだけではなく、世に向けてのパフォーマンスでもあると、イーリンは思っていた。

「……なぜ、そのような欲を持つのでしょうか？」

「ないものねだりですよ」

即答した高宮に、イーリンはぱちりと目を瞬かせる。

「本当は、わたしが素晴らしい芸術を生み出すクリエイターになりたかった。ですが、そうした才能はわたしにはなかった。才能はお金では買えないものです」

高宮のような資産家が、『才能はお金では買えない』と言ったのには説得力があり、イーリンの心に響いた。

「人は決して手に入らないものを、相手――妻や愛人やビジネスパートナーに求めるものです。たとえば、容姿に劣等感を抱いている男は見目麗しい女性を傍《かたわ》らに置きたがります し、学力に劣等感を抱いている者は、優秀な人間をパートナーに求める。体の弱い者は、強い人間を……。それは、空いた穴を埋めたいという本能なのかもしれません」

なるほど、とイーリンは相槌をうつ。

容姿に恵まれていない男性が、がむしゃらに仕事をして財を蓄えた末、美しい女性と結婚し、さらに若い愛人を何人も囲っている姿は何度も目にしてきた。

あれは劣等感のなせる業《ごう》だったのかもしれない。

逆に清貴のように容姿に恵まれ、なおかつ優秀な男性は、パートナーに何を求めるのだろう?

イーリンは、美しく自信に満ち溢《あふ》れた清貴の姿を想像し、その後に朗らかな葵の姿を思い浮かべる。

清貴が葵に惹かれた理由はやはり、癒しなのだろうか?

「ですので」

と話を続けた高宮に、イーリンは我に返って視線を合わせた。

「我々が芸術家の発掘、育成に力を入れるのは、自分が求めるクリエイターを探しているともいえます。そして、『この人』というクリエイターに出会ったならば、自分がサポートしたいと思う。その才能を支えることで、生み出す作品の一部になれるのではないかという……まぁ、驕《おご》りですね」

イーリンは、でも、と小首を傾げた。

「高宮さんは、既に円生さんを支えているように思えますが？」

彼は円生の父親のこともサポートしていた。円生にとって特別な存在だろう。

いやいや、と高宮は首を横に振る。

「彼の絵を買ったことを言っているのでしたら、あんなのは、いちファンが喜び勇んで新作を手に入れたにすぎません。わたしが勝手に彼を応援している状態です。そうではなく、唯一無二のパートナーになりたいんですよ。あなたのお父様もきっと同じ気持ちだと思います」

しかし、と高宮は残念そうに息をつく。

「おそらく円生は、あなたのお父様やわたしを選ぶことはなさそうです。今日もこの会に招いたのですが、『せっかくやけど金持ちの集いに興味はあらへん』と断られてしまいました」

富裕層を嫌う円生の言いそうなことだ。

「しかし、相手があなたとなれば話は別です」

イーリンは、えっ、と目を見開いて胸に手を当てる。

「てっきり、あなたはお父様に遣わされて、円生を取り込むために京都に来たのかと思いました」

高宮は薄く笑って、イーリンを見た。

そんなことは……、とイーリンは苦笑した。

思えば日本に留学したい旨を伝えた時、父が一言も反論しなかったのは、そういう思惑があったのかもしれない。

しかし、父にお願いされたのは、円生ではなく、高宮と親しくなることだ。

イーリンは、あらためて高宮の顔を見る。

彼は微笑んでいたが、イーリンに対して警戒心を抱いているのが伝わってくる。

ライバルだと思われているのだから仕方ない。

「では」

高宮は会釈をする。

もっといろいろ話して、できれば親しくなりたかったのだが、彼はそれを望んでいないようだ。

今日のところはこれまでか……。

イーリンも会釈を返したその時、高宮の帯の上に、ちょこんと子犬の根付が乗っているのが目に留まった。

帯の下からは、印籠が下がっている。

「あっ、根付ですね」

咄嗟にそう言うと高宮は、おや、と去りかけていたが振り返る。

「根付をご存じでしたか」

はい、とイーリンはぎこちなくうなずく。

高宮の帯についている根付をよく見ると、木彫りであり、フォルムと瞳が愛らしい。

いちかばちかだ。

「もしかして、そちらの作者は鈴木正直ですか？」

そう続けると、高宮はさらに驚いたように目を大きく見開いた。

「いやはや、あなたのような外国人のお嬢さんが、根付師を言い当てるとは。そうなんです、二代目鈴木正直の根付です。好きで集めているんですよ」

「私も鈴木正直の根付、愛らしくて好きです。根付は掌で鑑賞する芸術ですよね」

付け焼刃の知識でそう語ると、高宮は嬉しそうな表情をする。

するとと、和服を纏った初老の男性たちがわらわらと集まってきた。

「わたしの根付も、なかなかのものですよ」

「わしのも可愛いやろ」

帯を見ると皆、根付をつけている。象牙であったり、陶器であったり、素材はさまざまだが、洒落たデザインのものばかりだ。

「わっ、素敵ですね」

競うように根付を自慢する彼らの様子から、『蔵』に届いた根付を見て、『三百万で買い取りたい』と言った清貴の言葉が腑に落ちた。

彼らならば、間違いなくそれ以上の金額で買い取るだろう。

「私は最近になって根付に興味を持ったんです。ですので、まだまだ分からないことも多いですし、もっともっといろんな根付を見てみたいです」

イーリンがそう言うと、高宮はパッと顔を明るくさせた。

「では、今度うちで、根付披露会をやりましょうか。来てくれますかな？」

「は、はい。ぜひ！」

イーリンは深く頭を下げた。

3

「良かった、今夜は大収穫ね」

帰宅したイーリンは、ご満悦でベッドに腰を下ろす。

結局、夕飯を満足に食べていないため、空腹だった。

コンビニで買ってきた肉まんを袋から出して、もぐもぐと頰張る。

イーリンが今住んでいるのは、鴨川沿いに建つ3LDKのマンションだ。

ラグジュアリーマンションとして知られていて、内装はホテルのスイートルームを思わせる。

「こんな部屋に住んでいると知られたら、『やっぱりお嬢やな』って言われそう」

円生にまた嫌な顔をされてしまいそうだ。

「でも、新たに部屋を借りるより、安上がりなのよね」

この部屋は、数年前にイーリンの父が投資目的で購入していたものであり、新たに部屋を借りるよりもリーズナブルだった。

肉まんを食べ終えたイーリンは、ふぅ、と息をついて、ベッドに横たわる。

「お腹いっぱい」

こんな姿は決して、『お嬢様』ではないだろう。

ふと、『イーリンさんでも、金額に驚いたりするんですね』という葵の言葉が、頭を過《よぎ》った。

イーリンは常々、『大富豪のお嬢様』などと周囲の者に言われているが、一般的な金銭感覚を持ち合わせている。それはイーリンのナニー（世話をし、育ててくれた人）、日本風に言うと『ばあや』が、庶民的な感覚を持っていたからだ。

イーリンは家庭の事情で、家族と一緒に生活することができなかった。

誕生日には誰かが手配したケーキやドレスが届いたけれど、家族に祝ってもらったことがなかった。親族中から疎《うと》まれていたのだ。

ナニーは、そんなイーリンを憐《あわ》れに思ったようで、愛情を注いでくれた。

ふとスマホを見ると、メッセージが入っていた。

『日本の生活で、ご不便はありませんか？』

ナニーからのメッセージだ。

イーリンは顔が綻ぶのを感じながら、返事をうった。

『問題ないわ。ありがとう、ジーファ』

ナニーの名前は、菊花と書いてジーファと読む。

菊は日本では高貴の象徴だが、中国では少し違っていて、長寿を願う意味がある。

『私のこの名前は、なるべく長生きをという意味があるんです。若い頃はその意味を聞いてもピンときませんでしたが、六十を過ぎると実感するものですねぇ。なるべく長く生きて、いつか娘と孫と一緒に暮らせる日が来るといいなと思っています』

名前の由来を聞いた時、ナニーはそう言って寂しそうな笑顔を見せていた。

ナニーには娘がいるそうだが、理由があってなかなか会えないと教えてくれた。

そうしたこともあって、ナニーはイーリンと自分を重ねて見ていたのだろう。

イーリンがいつかジウ家から追い出されてしまうのではないか、という心配もしていて、そうなっても困らないよう、庶民的なことも教えてくれたのだ。

しかし、もし、追い出されても、仕方のないことだ。

イーリンは、自分の境遇を諦めていたし、常に償いをしたいと思っていた。

父の役に立ちたいと……。

その後、いろいろあって兄妹間の関係は少しだけ前進したが、根っこの部分では、お前さえいなければ、と思われているはずだ。

兄はぎこちないし、結婚して家を出た姉二人とは疎遠のままだ。

「お父様のお役に立てると良いのだけど……」

4

翌日。イーリンはバイトが休みだったが、市片松之助と思われる人物が根付を取りに『蔵』を訪れるため、夕方には店に顔を出そうと思っていた。

「その前に行っておきたいところがあるのよね……」

イーリンは阪急大宮《はんきゅうおおみや》駅を出て、西へと進み、坊城《ぼうじょう》通という小路を南へと下っていく。

駅から十分ほど歩いたところで、右側に壬生《みぶ》寺、左側に目的の建物が見えてきた。

『京都 清宗根付館』という木の看板が掲げられている。

聞いていた根付の美術館だ。

だが、美術館には見えない。

武家屋敷のような風格のある門構えに、イーリンは圧倒された。

説明書きには、『旧神先家《きゅうかんざきけ》住宅』と記されている。

この建物は、江戸時代後期に建てられたものだそうだ。

現在、京都市に現存する唯一の武家屋敷だという。

「なんて素敵……これが、美術館だなんて」

入館料を支払い、靴箱に靴を入れて、赤い絨毯《じゅうたん》に足を踏み入れる。

館内には、多種多様な根付が展示されていた。

動植物、龍や平安時代の姫君——緻密な彫刻は素晴らしく、感嘆する。

しかし、高宮たちのように根付にのめり込む気持ちが、イーリンにはいまいち理解できなかった。

「お母さん、はよ、次の部屋に行こうて」

館内にいた若い女性が、和服を纏った五十代くらいの女性に声を掛けている。

「ん〜、もう少し」

二人は母娘なのだろう。母親の方は、根付を食い入るように見ていた。

「ほんまに好きやねぇ」

と、少し呆れたように言う娘に、母は顔を上げた。

「あんたも着物を着るようになったら分かる。この帯のとこに、こないな根付がついていたらって考えるとわくわくするんや」

そんな二人の会話を聞いて、イーリンはハッとした。

自分もドレスを着た時、この服に合うアクセサリーはどんなものだろうとわくわくしながら、お店を見てまわることがある。

根付の愛好家は、それに近い感覚で愛《め》でているのかもしれない。

もし、自分が和服を着ていたら、どんな根付をつけたいだろう?

そんな気持ちで根付を見ていくと、胸が弾んでくるのを感じた。

5

『京都 清宗根付館』を堪能した後、向かい側の壬生寺を参拝した。

あちこち見てまわっていると、アッという間に夕方になっていて、イーリンは急いで寺町三条へと向かう。

骨董品店『蔵』に着いたのは、夕方五時五十分頃。

扉を開けると、カウンターの中に葵がいて、その向かい側に清貴の姿があった。

どうやら、清貴も今ここに来たばかりのようで、ビジネスバッグを手にしている。

葵と清貴は、イーリンを見て、目をぱちりとさせた。

「あっ、イーリンさん、こんばんは」

「おや、今日はお休みでは?」

そんな二人を前に、イーリンははにかんで答える。

「昨日のお客様のことが気になってしまいまして」

そうでしたか、と二人は微笑む。

「そのお客様が来られる前に、僕も準備をしなくてはなりませんね」

清貴はジャケットを脱いでベスト姿になる。既にアームバンドがついているため、いつもの彼のスタイルだ。

スーツも良いが、彼はこの姿が一番似合っている、とイーリンは密《ひそ》かに思う。

「そろそろ、来られるでしょうし、コーヒーの用意をしておきますね」

と、清貴は給湯室に入って手を洗いながら言う。

葵は、お願いします、と会釈をし、預かっていた根付が入った箱をカウンターの上に置いた。

イーリンはいそいそとカウンターに入り、ぽつりとつぶやく。

「そういえば、本当に松之助さんなのか気になるところよね……」

葵は、そうですね、と言ってから小さく笑う。

「でも、私は松之助さんだと、疑っていませんでした」

実は私も、とイーリンはいたずらっぽく笑った。

「何より、彼のお祖父様が、根付を遺品に選んだ理由が気になるわよね」

イーリンが強い口調で言うと、葵はぱちりと目を瞬かせる。

「あら、葵さんは気にならない？」

「ええと、私はなんとなくですが、理由は分かる気がするんですよ」

えっ、とイーリンが戸惑いの声を上げると、カランとドアベルが鳴った。扉の方を向く
と、昨日の男性が店に入ってきた。

今日はダークグレーの和服を纏っている。

いらっしゃいませ、とイーリンと葵が声を揃えた。

彼は、カウンターに並んで立つ二人を見て、ぱちりと目を見開いた。

「あれ、もしかして、あなたが家頭清貴さんの婚約者……？」

と、彼は、葵に確認する。

婚約者という言葉が照れ臭かったのか、葵はほんのり頬を赤らめる。

「あ、はい。真城葵です。松之助さん、お久しぶりです」

やはり彼は、歌舞伎役者・市片松之助のようだ。

「で、では、こちらの方は？」

と、松之助は、イーリンの方を窺うようにちらりと見る。

「新しくバイト仲間になった、中国からの留学生ジウ・イーリンさんです」

葵の紹介を聞いて、松之助はさらに大きく目を見開いた。

「あっ、外国の方だったんですね。驚いた、日本語がとてもお上手ですね」

ありがとうございます、とイーリンは会釈する。

「そうか、てっきり、俺は勘違いを……」

と松之助は口に手を当てて、ぶつぶつと洩らしている。

その時、トレイを持った清貴が給湯室から姿を現わした。

「こんばんは、松之助さん」

清貴は、どうぞお掛けください、と彼を促して、コーヒーカップを置く。

あらためて清貴の所作を見ると、歌舞伎役者に負けず、美しい。

器は有田焼の、松竹梅に鳳凰《ほうおう》の模様の入った華美なコーヒー用カップ&ソーサーだった。

綺麗なカップ……、とイーリンは小声で洩らす。

松之助はあっさりとした顔立ちで、髪も短めで洒落けがなく、着物もシンプル。

そんな朴訥《ぼくとつ》とした雰囲気の松之助に、こんな派手なカップは合わないのではないだろうか？

イーリンは、清貴のチョイスを意外に感じ、松之助の反応を観察する。

彼はゴージャスなカップを見て、一瞬嬉しそうな表情をし、コーヒーを口に運んだ。

へぇ、とイーリンは声に出さずに、微かに首を縦に振る。

松之助は、意外にもこういう華やかなものを好むようだ。

不意に、『ないものねだりですよ』と言った高宮の言葉が脳裏を掠めた。

そうか。もしかしたら、こういう人こそ、華美なものを好むのかもしれない。

そんな彼はおそらく、祖父が自分に遺してくれた品があると知った時、どんなものだろう、と期待を抱いただろう。

しかし、祖父の遺品は、とても小さな骨董品——根付だった。

拍子抜けだったのは、想像に難くない。

さらに彼は、祖父についてこう語っていた。

『祖父はいつも多くは語らないけれど、行動には意味を持っていた人だった』と……。

松之助はコーヒーを二口ほど飲んでから、清貴を見た。

「祖父が遺した根付ですが、良い品なのでしょうか？」

「ええ、とても良い品ですよ」

と、清貴は昨日イーリンにしたように、この根付が初代『鈴木正直』の真作であり、状態がとてもよく、当店で買い取らせていただきたいくらいだ、と話した。

「そう、なんですね……」

松之助は、複雑そうな表情で頭を掻く。

「祖父は好事家でいろいろな品を集めていたんです。ですが、自分の病気が分かった後は、『終活に入る』と言って、コレクションを手放すようになって」

「そうでしたか……」

清貴は少し残念そうに相槌をうつ。

「売らずに俺たちに遺してくれたのは、この根付だけだったんです。どういう意味があったんだろうと……」

そうですね……、と清貴は根付に目を落とし、釘《くぎ》を刺すように言う。

「これはあくまで僕の勝手な想像ですが、よろしいでしょうか？」

「もちろん、構いません」

松之助は真剣な表情でうなずく。

「あなたのお祖父様はコレクションのすべてを手放しても、この根付だけは遺した。つまり根付だけは、『手放せなかった』。僕が思うに、お祖父様は根付に歌舞伎を重ねたのではないでしょうか？」

「根付に歌舞伎を重ねた……？」

はい、と清貴は答える。

「というのも、歌舞伎と根付には共通点があります。歌舞伎も根付も江戸時代、武家から庶民に至るまで広く愛されていた。もちろん、現代でも愛されていますが、当時ほど身近な文化ではありません。また、根付は趣味の良さ、『粋』を競い合う世間道具でした。『粋』とは、まさに歌舞伎役者になくてはならないもの」

そこまで聞いて、松之助は、つまり、と小声で問いかける。

「粋な歌舞伎役者になれよ、という……？」

少し自信がなさそうな彼に、清貴は肯定も否定もせずにこりと目を細める。

「遺品の根付は、あなたのお父様に大黒さん、喜助さんに蛙、そしてあなたにはこの鼠だったと伺っていますが、間違いありませんか？」

確認をした清貴に、松之助は戸惑ったようにうなずく。

「あ、はい」

「大黒さん――大黒天は、財運福徳や縁結びの神様です」

イーリンは、『だいこくさん』がなんのことか分からなかったが、清貴の話を聞き、大黒天だったのか、と相槌をうつ。

大黒天は、中国でも知られている福神だ。

「大黒柱の由来が、大黒天なのはご存じでしょうか？　お祖父様はこれから市片家の大きな柱となってほしいという気持ちで、あなたのお父様に大黒さんの根付を遺したのではないでしょうか」

松之助は黙って耳を傾ける。

「そして、喜助さんへの蛙……。蛙は古代より幸運を運んでくると伝えられています。歌舞伎の世界だけではなく、芸能界で広く活躍している喜助さんには、『これからも新たなファンの獲得を頼む』という気持ちと、花札でもお馴染み『柳に蛙』の小野道風《おののみちかぜ》が表わしているように、常に努力を忘れないでほしいという想いがあったのではないでしょうか」

これには合点がいったようで、松之助は大きく首を縦に振った。

「そうなんです。よく祖父は、『あいつは歌舞伎界にとって外貨獲得要員だ』と冗談めかして言ってたんですよ。それに、『喜助にはもっと必死になってほしい』とも……そうか、それで蛙を……」

そうでしたか、と清貴は口角を上げて、話を続ける。

「そして、松之助さんの鼠ですが、その前に大黒さんに話を戻します。諸説ありますが、日本において大黒さんは、大国主命《おおくにぬしのみこと》と同一神という考えも根強くあります。その真実はさておき、あなたのお祖父様が同一のように考えていた可能性は高い。鼠は、神話の中で、大国主命を助けたといわれています」

「白うさぎではなくて、ですか？」

葵が、小声でそう訊ねる。清貴は、ええ、とうなずいた。

「大国主命は白うさぎに助けられた後、またもピンチに陥るんです。そこを助けたのが鼠でした。鼠は大国主命の支えになったのです。この逸話から大国主命を祀る大豊《おおとよ》神社にいらっしゃるのは、狛犬ならぬ狛鼠なのですが……」

つい、話が脱線しかけたが、つまり、と清貴は戻す。

「歌舞伎はかつて、当たり前のように庶民の身近にあり、愛されてきた娯楽でした。もうあの頃に戻るのは無理かもしれません。ですが、今も根付を愛し続ける人がいるように、歌舞伎も愛され続けるよう努力してほしい。僕にはそんな想いが感じられるのです」

松之助は、根付に視線を落とす。

根付の象徴は、『粋』。

常に『粋』を忘れない役者であれ。

これからの歌舞伎界を、市片家を頼む——。

祖父の心が伝わったのか、ぶるり、と松之助の体が震えた。

「祖父は、俺に父を助け、市片家の支えになれと……」

その声は熱を帯び、微かに震えていた。

松之助は目を隠すように額に手を当てる。

その姿を見て、葵も瞳を潤ませている。

イーリンの目頭も熱くなった。

彼は、祖父の想いを受け取ることができたのだ。

「本当にありがとうございました。親父と弟にも伝えておきます。きっと目から鱗《うろこ》だと思うので……」

松之助はここに入って来た時とは打って変わって、晴れやかな表情で言う。

清貴は、どうでしょう、と小首を傾げた。

「お父様は、分かってらっしゃるのではないでしょうか」

「いやいや、親父は『なんで、じいさん、根付を遺品にしたんだろうな』と言ってましたし、喜助は『兄さん、今度京都に公演に行く時、清貴君に訊いてきてよ』と頼んできたくらいで……」

やれやれ、と肩を下げる松之助に、葵とイーリンは、そうなんですね、と頬を引きつらせて笑う。

「伺って本当に良かったです。それで、鑑定料は……？」

いえいえ、と清貴は首を横に振る。

「僕は鑑定料をいただいていないんです」

「でも、それじゃあ」

申し訳なさそうな顔をする松之助に、それでは、と清貴は人差し指を立てた。

「もし今後、家の品を売ろうという時は、ぜひうちにお声をかけていただけると」

その言葉には妙に力が入っていて、葵が小さく笑う。

「もちろんです。その時はお声がけさせてください」

「嬉しいです。よろしくお願いいたします」

と、清貴はにこやかに言う。

松之助はもう一度礼を言ってから、あの、とイーリンの方を向いた。

いきなりのことにイーリンはびくんとして、はい、と答える。

「来月末まで南座で舞台に出ているんです。もし、興味があったら観にきてください。その、日本文化の勉強になると思いますので。今チケット持っていないので、ここに連絡してくれたら渡せます」

そう言うと、イーリンにＱＲコード付きの名刺を差し出した。

「……ありがとうございます」

イーリンは躊躇いながら、名刺を受け取る。

松之助はホッとしたような表情を見せた後、清貴と葵の視線に気付き、

「あっ、お二人もぜひ。チケット、良い席を用意しますので。今日は本当にありがとうございました」

と、慌てたように名刺をカウンターの上に置いて、そそくさと店を出て行った。

松之助の姿が見えなくなるなり、清貴と葵が、ふふっと笑った。

「松之助さん、顔が真っ赤でしたね」

「真面目な方がデートに誘う姿というのは、なかなか良いものですね」

「本当に」

そんなふうに微笑み合う葵と清貴に、イーリンはぎょっとした。

「まさかそんな。日本文化に触れてほしいというだけで、デートなんて」

「でも、松之助さんは、イーリンさんをチラチラ見ていて、目が合いそうになると、すぐにそらしていましたよ」

「彼は、イーリンさんのような華やかな女性に憧れを抱くのでしょうね」

ええっ、とイーリンは目を丸くするも、

「もし、そう思ってくださっていても、私は……」

そこまで言って、口を噤んだ。

円生が好きだと言ったところで、妙な空気になるだけだ。

それよりも、とイーリンは明るい口調で話題を変えた。

「さすが清貴さんですね。まさか、あの根付からお祖父様の心をあそこまで読み解くなんて」

続いて葵も同意する。

「私もてっきり、『粋を忘れずに』という意味くらいかと……」

そんな二人を前に、清貴は意味深な笑みを浮かべた。

「あれは、僕の願望ですよ」

「願望？」

と、イーリンと葵の上ずった声が揃う。

ええ、と清貴はにこやかに答えた。

「最初に『僕の勝手な想像ですが』と伝えたように、僕の勝手な想いが入っています。彼らのお祖父様がそうした気持ちで根付を息子と孫に託していて、それを受け取った父子が、がんばろう、と心も新たに邁進し、さらに歌舞伎界が盛り上がってくれたら良いなぁ、という願いを……。そもそも、僕はエスパーではありませんし、実際の気持ちなんて分かりませんしね」

その言葉に、イーリンはあんぐりと口を開ける。

だが、たしかに、『僕の勝手な想像ですが』と前置きをしていた。

安定のホームズさんですね、と葵が小さく笑う。

「でも、私もホームズさんと同じ願望ですので、もしかしたら本当にお祖父様もそういう気持ちだったんじゃないかなと思います。だって」

だって？　とイーリンは訊き返す。

「ホームズさん、本当に人の心が読めるところがありますから」

葵の言葉を聞いて、一瞬イーリンの背筋が寒くなった。

しかし思えば、清貴の伝えた言葉は、思いやりに満ちたものだ。皆の心に響き、これからもがんばろうという気持ちになったに違いない。

これこそが、鑑定士の粋な計らいというものであろうか――。

「そうそう、ホームズさん、松之助さんのお祖父様が遺品を手放したという話をしていた時、少し悔しそうでしたね」

「おや、分かりましたか？　そうなんです。できればうちで買い取りたかったですよ。本当に残念でした」

「もちろん、分かりますよ。でも、今度は『蔵』に声をかけてくれると思いますし、良かったですね」

そんなふうに穏やかに話す二人の姿に、イーリンの心が和《なご》んだ。

骨董品店『蔵』でのバイトは、まだ始まったばかり。

ここでの仕事を通し、やがてイーリンの出生の秘密が明らかになっていくのだが、そうなるとは今の時点で夢にも思っていなかった。

第二章　中秋の名月の影

1

また、来てしまった。

イーリンは、『京都 清宗根付館』の向かい側にある壬生寺を前にして、ごくりと喉を鳴らす。

先日、根付を観た帰り、せっかくだからと壬生寺に立ち寄った。

実のところ前情報なく訪れたのだが、入ってみたことで、そこが幕末の志士・新選組《しんせんぐみ》縁の寺であることが分かった。

局長の近藤勇《こんどういさみ》像、そして土方歳三《ひじかたとしぞう》像などを観てまわったことで、イーリンは新選組に興味を持った。

帰宅してから新選組について調べていくうちに、新選組をモチーフにしたアニメが動画配信サービスの中にあるのを見付けたのだ。

数年前のアニメであり、もう最終話まで配信されているが、今でも人気があるようだ。

どんなものだろう、と何気なく視聴したのが最後。

ずぶずぶに嵌ってしまい、もう何度も観返している。

仕方ないのよ、キャラクターがみんな美形男子なんだもの。

と、イーリンは自分の中で言い訳をする。

特に、お気に入りは土方歳三だ。

彼の凛々《りり》しくも逞しいキャラクター造形が、イーリンの中で円生と重なった。

というのも、以前はスキンヘッドだった円生だが、今は髪を伸ばしていて、清貴より少し短いくらいの長さになっている。

精悍《せいかん》で凛々しい姿が、土方歳三と似ているのだ。さらに言うと、一見繊細な天才美少年剣士は清貴だろうか。

アニメの中の彼らは、決して仲が良いわけではない。

ちょっとしたことで、すぐにぶつかり合う。

そこがまた、円生と清貴を彷彿《ほうふつ》とさせた。

アニメを通して、史実を確認するごとに、夢中になっていく。

互いに志《こころざし》を持って切磋琢磨《せっさたくま》し、大義のために生きる姿に胸が熱くなるのだ。

「ああ、たまらない。ついつい、アニメのグッズを買い漁《あさ》ってしまいそうになるし、時間があれば壬生寺に来てしまう」

ちなみに壬生寺と新選組がどう関係しているかというと、かつて新選組の屯所《とんしょ》が壬生の地にあり、この壬生寺はというと隊士たちの訓練場として使われていたそうだ。

つまり、ここで、あの隊士たちが訓練を……！

イーリンは、口に手を当てて、密かに悶《もだ》える。

ここには隊士の墓もあり、広々とした境内《けいだい》は、かつて志を持って戦った者たちへの鎮魂とともに、訪れた者を受け入れるような優しい雰囲気に包まれている。

それで、自分も何度も来たくなるのかもしれない。

「はぁ、今日も元気をもらった。バイトに行こう……」

イーリンはしみじみつぶやいて、骨董品店『蔵』へと向かう。

今日のバイトは午後からであり、イーリンが骨董品店『蔵』でバイトを始めて、初めて迎える週末だ。

土曜日と日曜日は清貴の修業先である税理士事務所が休みであるため、清貴が店内にいる。既に葵からもさまざまなことを学べているが、この『蔵』にバイトに来たからには、清貴と働いてみたい。

彼はきっと、葵を遥かに上回る知識で、古美術の魅力を語ってくれるのだろう。

「——えっ、イーリンさん。またまた壬生寺へ？」

『蔵』に着き、イーリンがここに来る前に壬生寺に行ったことを伝えると、葵が少し驚いたように言う。

イーリンはエプロンを身に着けながら、ええ、と肩をすくめ、

「アニメと現実は違うって分かっているんだけど、彼らがあそこで訓練をしていたんだって思うとつい行きたくなってしまって……あとこれ、休憩の時にもし良かったら」

そう言って、カウンターの上に『屯所餅《とんしょもち》』と書かれた菓子折りを置いた。

葵は、へぇ、と洩らす。

「『京都鶴屋《つるや》 鶴壽庵《かくじゅあん》』さんのお菓子なんですね」

「そうなの。壬生寺の隣にあって新選組にちなんだ和菓子と書かれていたから、つい衝動買いを……」

それまでカウンターで帳簿をつけていた清貴が、では、と顔を上げた。

「せっかくですから休憩にして、お土産《みやげ》をいただきましょうか」

イーリンは、えっ、と目を瞬かせる。

「私、来たばかりなのに、休憩なんてそんな」

するとが葵が、うふふと笑った。

「私たちは午前中から働いているので、ちょうど休憩したいと話していたんですよ」

「『屯所餅』ですから、コーヒーではなくお茶を淹れますね」

清貴は腰を上げて、給湯室に入っていく。

ちなみに、朝から夜まで『蔵』にいる場合、昼食は交代で摂《と》る。

一人で店番をしている場合は、お客様がいない時に給湯室でこっそり食べるのだが、他にスタッフがいる場合は、外に食べに行ってもいい。

葵は、家から持参したおにぎりとゆで卵を食べることが多いという。

そのように昼食はこそこそ隠れて摂っているのだが、小休憩を取る時は堂々とカウンターでコーヒーを飲み、お菓子を食べている。

その違いを訊ねると、

『店でお弁当を食べている姿はなんとなくお見せしたくないものですが、カウンターでコーヒーを飲んでいると、カフェと勘違いして店に入ってきてくれる人もいらっしゃるので、来店のきっかけになるんですよ』

と、清貴が話していた。

「お待たせしました。せっかくなので、抹茶を点《た》ててみました」

そう言って、清貴は抹茶が入った茶碗をカウンターの上に並べる。

『屯所餅』は、小袋から出されて、小皿の上に置いてあった。

「わぁ、ホームズさん、わざわざお抹茶点ててくださったんですね」

と、葵は嬉しそうに言って、カウンター前の椅子に腰を下ろした。

イーリンもいそいそと葵の隣に座り、泡立った抹茶を見下ろして、ごくりと喉を鳴らす。

美味《おい》しそうだと思ったからではなく、抹茶を飲むにはマナーがあったのを思い出したからだ。

これはもしかしたら、試されているのだろうか——?

そんなイーリンの焦りを察したようで、清貴は微笑む。

「ここは茶席ではないので、気にせずご自由にお飲みくださいね」

葵が、そうだ、と明るい顔で手を合わせる。

「せっかくの機会ですし、ホームズさんにお茶のいただき方のレクチャーをしていただきましょうか」

「僕がお茶のレクチャーなんて、茶道を嗜《たしな》まれている方に怒られそうですが」

謙遜《けんそん》する清貴に、イーリンは前のめりになった。

「ぜひ、お願いします」

それでは、と清貴は『屯所餅』に目を落とす。

『屯所餅』は五百円玉くらいのサイズだ。粒あんを白い餅で包んでいるのだが、餅に刻んだ菜っ葉が練り込まれている。かつて壬生の地で栽培された『壬生菜』だそうだ。

「基本的に、お茶をいただく時はお菓子が先です。お菓子をすべていただいてから、お茶を飲む」

先に抹茶を飲む気満々だったイーリンは、聞いて良かった、と相槌をうつ。

「お菓子は菓子切りを使って食べやすい大きさに切るのですが、小さく切りすぎるのは好ましくありません。大きかったら三分の一、『屯所餅』くらいの大きさでしたら半分でしょうか。ちなみにお茶の席じゃなければ、これは一口で食べるのですが」

と、清貴は言って、『屯所餅』を半分に切って、口に運んだ。

「ああ、しっかりとした餅の食感と、甘すぎない粒あんが程よくて美味しいですね」

しみじみとそう言って、残り半分を食べると、今度は抹茶だ。

「たしか、回転させるのよね？」

真剣に訊ねたイーリンに、清貴は小さく笑う。

「右手で取って、左手の上で時計回りに二回……といったマナーはあるのですが、基本的に正面を避けて飲むということだけ、念頭に置いておくことが大切だと思います」

「正面を避ける？」

「ええ、イーリンさん、茶碗を見てください」

そう言われて、イーリンは自分の前にある茶碗に目を落とす。

正面に紅葉の柄が見えた。

「僕はあなたにその柄を見て欲しくてそのように置きました。あなたは、そこに直接口をつけるのではなく、柄を楽しんだ後、その部分を避けて飲む。それが、お互いのマナーという感じですね」

イーリンは納得して、まずは『屯所餅』を食べる。

「もちもちしていて美味しい……」

本当ですね、と葵も隣で『屯所餅』を食べながら大きく相槌をうつ。

抹茶を飲んでいると、それにしても、と清貴が少し愉快そうに、イーリンを見た。

「あなたが新選組に嵌るとは思いませんでした」

それはイーリン自身、意外に思っていることだ。

「でも、分かります。あのアニメ、隊士たちが美しいですもんね」

そう続けた葵に、そうなのよ！　とイーリンは強く首を縦に振る。

「とても美しいの。でも、それだけじゃない。アニメをきっかけに史実に興味を持って調べていたら、さらに新選組への想いが強くなってしまって……。激動の時代を生きた彼らの熱さ、ひたむきな想いが胸に迫るというか」

イーリンの力説を聞いて、カウンターの中にいた清貴が小さく笑った。

「そういうアニメはとても良いですね。エンタメが入口となって、歴史や京都に興味を持っていただけるというのは、ありがたいことだと思います」

まるで京都を背負っているかのように言う清貴の姿にイーリンは少し戸惑ったが、自分の好きなものを肯定してもらえて、嬉しさが募る。

「『屯所餅』を買われた時、八木《やぎ》邸には行かれましたか？」

イーリンは、ふるふると首を横に振った。

「そういえば、和菓子屋さんの隣に、『八木家住宅』って札が立っているのは見たけど……」

「八木邸はかつて新選組のメンバーが身を寄せていたんですよ。江戸時代後期、文久三年（一八六三年）、当時の八木家当主は、江戸より上洛した浪士たちを自らの邸で預かりました。その浪士たちの一部が後の新選組となりましたので、八木邸はまさに新選組発足の地と言えます」

知らなかった、とイーリンは大きく相槌をうつ。

「今度は八木邸も行ってみるわ。中に入ることはできるのかしら？」

「ええ、できますよ。八木邸は現在、京都市指定有形文化財でして見学も可能です。ちなみにその八木さんですが、今は和菓子屋『京都鶴屋 鶴壽庵』を営まれているんですよ」

和菓子屋と八木邸が隣接していたのは、そういうことだったのか。

イーリンが大きく相槌をうっていると、

「新選組といえば、秋人さん、今度、新選組の映画に出るという話でしたよね？」

「ええ、ちょうど今、撮影中ではないでしょうか」

と葵と清貴が、思い出したように話している。（※0巻を参照）

「秋人さんって、清貴さんのお友達の俳優さんよね？」

友達……、と清貴は複雑そうな顔で洩らして、話を続ける。

「そんなに暇じゃないのに、よくここに来る賑やかな人です」

「新選組では、何の役を？　たしか、見た目が良かったから沖田《おきた》君だったりして。土方さんはイメージじゃないわよね……」

「山南敬助《やまなみけいすけ》役だそうですよ」

清貴の返答を聞き、イーリンは、そう、とうなずく。

実のところ、思っていた役柄とは違ったが、きっと魅力的に演じるのだろう。

「実写映画も楽しみだわ」

「イーリンさん、本当にすごい嵌りようですね」

「そうなのよ。実は私、こんなふうに、何かに嵌るのは初めてだから、自分でも戸惑っているのよね」

実際は初めてではなく、かつて円生の作品に嵌ったことがある。

アニメに嵌ったきっかけも、キャラクターが円生と似ていたからだ。言ってしまえば、どこまでも円生に心酔しているのかもしれない。

そんな自分の気持ちを隠すように、イーリンは話を続けた。

「だって新選組って本当にドラマチック。幕末に京都の治安を護《まも》っていた規律に厳しい警察隊で、『池田屋《いけだや》事件』では、尊攘《そんじょう》派のクーデターを未然に防ぐ大活躍。だけど、『戊辰《ぼしん》戦争』の末、新選組側の旧幕府軍は敗れてしまう。ああ、首都が東京に遷都《せんと》された時、彼らはどう思ったのかしら……」

イーリンがしみじみと語っていると、ああ、と清貴が手をかざす。

「話の腰を折って申し訳ないのですが、『遷都』ではなく『奠都《てんと》』です。つまり京都を『都』

として残したまま、政の中心を東へ移すということなので、この京都は今もこの国の『都』なんですよ」

イーリンが、ええと、と戸惑っていると、葵がすかさず小声で耳打ちする。

「イーリンさん、気にせず続けて大丈夫ですよ」

「えっ、本当に？　私は地雷を踏んだんじゃないかしら？」

「踏んだとしても気にしなくていいです」

「えっ、やっぱり、踏んだの？」

目を丸くするイーリンに、失礼しました、と清貴が胸に手を当てる。

「これが『京都人スピリット』でして」

「京都人スピリット……」

思えば、以前も洗礼を受けたことがあった。あれは『上洛』に関する話だっただろうか……。（十八巻を参照）

「ホームズさんはやや大袈裟な方ですが」

と葵は付け加え、話を戻した。

「そういえば、あの新選組のアニメって、タイムスリップものなんですよね？」

イーリンは強くうなずく。

「そう、現代を生きる男子中学生が、ふとしたことから幕末にタイムスリップするの」

そこで中学生が新選組と出会う話だ。

主人公は戊辰戦争の後も生き残り、永倉新八《ながくらしんぱち》とともに仲間たちの慰霊や記録に尽力しているところ、局長・近藤勇の霊が現われて、現代へと連れ戻してくれるのだ。

ラストは、東山《ひがしやま》に浮かぶ大文字《だいもんじ》焼きを眺めながら、仲間たちを弔《とむら》い、涙を流す。

本当に素晴らしかった。思い出して、また泣いてしまいそうだ。

自分も来年の夏は、大文字焼きを観に行きたい。

「そうそう、葵さんと清貴さんは、毎年大文字焼きを観に行くのかしら？」

「イーリンさん、『大文字焼き』ではなく『五山《ござん》の送り火』ですよ」

と、清貴が少しすまなそうに、それでもしっかり釘を刺すように言う。

またしても自分は、地雷を踏んだようだ。

これはどう考えても嫌われた。

イーリンが、ごめんなさい、とうな垂れていると、葵がポンッと肩に手を乗せた。

「イーリンさん、これも気にしなくて大丈夫ですよ」

「えっ、本当に？」

「はい。私も最初、まったく同じことを言われましたし。ホームズさんは、京都愛が強すぎて口に出さずにはいられないだけで、実はこういうやりとりを楽しんでいる節があるので。彼のいけずな部分なんです」

これが噂の清貴の『いけず』か、とイーリンは息を呑む。

「私、他人の萌《も》え語りを聞くのが好きなので、もっと聞きたいです」

にこやかに言う葵に、イーリンは肩をすくめた。

「ありがとう。でも、今日はこのくらいにしておくわ。なんだか話せば話すほど地雷を踏みそうだし、そろそろ仕事しなきゃ」

葵は、そうですね、と立ち上がり、清貴も使い終わった茶碗と皿を給湯室に下げる。

イーリンはハタキを手に埃を取りながら、そういえば、と振り返った。

「高宮さんの『根付披露会』では、ありがとうございました」

そう言うと、葵は、パッと顔を明るくさせた。

「あっ、参加したんですよね？　どんな感じだったんですか？」

「ああ、僕もお聞きしたかったんです」

と、清貴も思い出したように続けた。

イーリンは父から『高宮が所有しているコレクションの中で調べてきてほしいものがある』と言われている。

高宮と親しくなりたいと思ったイーリンは、なんとか接触を図った。

彼は最初、イーリンのことを警戒していたが、根付が取っ掛かりとなって、少しだけ打ち解けることができ、急遽《きゅうきょ》開催が決まった『根付披露会』に招待されたのだ。

このことに喜び、和服で参加しようと勇んだイーリンだが、不安にもなった。

自分は、日本語こそ堪能だが、日本文化については未熟だ。

参加する前、和服で行っても大丈夫であるか、気を付けるべきことはあるかなどを清貴と葵に相談したのだ。

＊

『やっぱり、和服で行った方が良いと思います。ご自宅での気軽な会合でしたら小紋《こもん》でも良いと思いますが、高宮さんのお宅ですもんね。訪問着が間違いないかと……。イーリンさんならどんなお着物も用意できると思いますが、私、最近、好江《よしえ》さんから若い人用の素敵なお着物をたくさん譲り受けまして、もし良かったらお貸ししますよ』

と、葵が提案してくれた。

和服はどれも同じように思っていたが、実はシーンに合わせた着物があるそうだ。

結婚式などに着用する最も格式の高い着物が、黒紋付《くろもんつき》。

次に格式が高いのが、黒留袖《とめそで》、その次に色留袖、振袖（振袖は基本的に未婚女性）と続く。

準礼装として華やかな場で着用する着物が、訪問着、付け下げ、色無地、お召（御召糸を使って織ったもの）。

カジュアルな場での着物は、小紋、紬《つむぎ》、浴衣なのだという。

また、季節に応じて柄を合わせることも必要で、春・秋・冬は『袷《あわせ》』、初夏・初秋は『単衣《ひとえ》』、夏は薄物と呼ばれる『絽《ろ》』や『紗《しゃ》』といった種類を選んで着用することなどを教わった。

『た、大変ね』

イーリンが混乱していると、葵が笑って話す。

『私もはじめはそう思ったんですが、今の私たちが季節に合わせて服を選ぶのと同じようなものなんです』

着物を購入することも考えたが、今回は葵から借りた方が間違いないだろう。

『すみません、お借りできますか』

葵は『喜んで』と微笑み、それでしたら、と清貴が続けた。

『帯をあえてシンプルなものにして根付を付けて行かれてはどうでしょうか？　祖父のコレクションをお貸ししますよ。現代の作家の品なので、たくさんの方に観ていただきたいですし』

そうしてイーリンは、紅葉があしらわれた柄の訪問着に臙脂《えんじ》色のシンプルな帯、遊び心のあるリスの根付を帯に付けて、『根付披露会』に参加した。

高宮たちからは、『これは、秋らしくて素敵ですね』『リスの根付も可愛らしい』と大層好評だったが、肝心のコレクションについては聞き出せないままだった。

だが、とりあえず、好印象は持たれただろう――。

＊

「高宮氏との『根付披露会』では、おかげさまで和気藹々《わきあいあい》とした雰囲気の中、楽しい時間を過ごせたわ。いろいろと相談に乗ってくれてありがとう」

イーリンは会合を振り返りながら、お辞儀をし、それは良かったです、と清貴と葵はにこにこ笑って答える。

こういう時の二人の反応がよく似ていて、本当に夫婦のようだ。

「ところであなたが高宮さんと親しくなろうとしているのは、やはり円生を意識してのことでしょうか？」

ずばり問うてきた清貴に、イーリンはゴホッとむせる。

「意識って……」

時にストレートなのは、葵とは大きく違うところだろうか。そして、同じようなことを高宮当人にも言われていたのだ。

これに対する返答に迷ったが、清貴には中途半端な誤魔化しは通用しないだろうし、父に他言無用とは言われていない。

何より、清貴の協力を仰げるのならば、こんな心強いことはない。

言葉は悪いが、味方につけておいて損はないというものだ。

そうではないのよ、とイーリンはおずおずと口を開く。

「実は父に頼まれたことがあって……」

イーリンは、父から、『高宮が所有しているコレクションの中で調べてきてほしいものがある』と言われていると伝えた。

清貴は、ふむ、とイーリンの目を見て訊ねる。

「あなたがお父様からそのようなことを頼まれたのは、初めてでしょうか？」

ええ、とイーリンはうなずいた。

「実は父が私にお願いごとをしてくれるなんて滅多にないことなの。いつも私が父の力になりたいと率先して動いているから……」

「それは興味深いですね」

「えっ、何がですか？」

と、葵が少し不思議そうに、清貴を見る。

「イーリンさんは、これまで何度も高宮さんに接触する機会はあったわけです。それなのに、今になってそのようなお願いごとをしてきたわけですから」

清貴はそう言うと、視線をイーリンに移す。

「詳しい話を聞かせていただけませんか？　もしかしたら、お力になれるかもしれませんし」

「もちろんよ。でも、詳しい話と言われても……」

そもそもイーリンが知っていることなどほとんどなかった。

「僕からの質問に答えてもらうだけで結構です。ここからは、『お父様からのお願い』ではなく、『ジウ氏からの依頼』と呼ばせてもらいますね」

と、断りを入れてから、清貴はイーリンを見詰める。

「ジウ氏の依頼ですが、高宮さんのコレクションの中で気になっている品はどんなものでしょう。やはり絵画でしょうか？」

「いいえ、宝石よ」

イーリンは清貴の言葉を遮るように答える。

宝石、と清貴は意外そうに洩らした。

「父は私に、高宮氏のコレクションの中に、『珍しい宝石』があるかを調べてほしいと頼んだわ」

「それはどんな宝石なのでしょうか？」

イーリンは首を横に振る。

「私も訊いたんだけど、そこまでは教えてもらえなかったの」

ふむ、と清貴は腕を組む。

「ジウ氏は宝石もお好きだったのでしょうか？　上海博物館での展示では、宝石にはそんなに力を入れていない印象でしたが……」

イーリンは、そうなのよ、と首を縦に振った。

「父は主にアートが好きで、その次は古美術。宝石はさほどでもないわ。清貴さんが言うように、宝石は女性のためにやっておこうというくらいだったの」

そこまで聞いて葵が、納得した様子を見せた。

「そう聞くと気になってきました。普段は宝石に興味を示さないイーリンさんのお父様が、イーリンさんにお願いするほど気になっているなんて、きっと相当希少価値の高い宝石なんでしょうね」

葵はそこまで言って、つまり、と天井を仰ぐ。

「高宮さんは、最近、その宝石を手に入れたということでしょうか？」

清貴は小首を傾げる。

「その可能性はあるとは思いますが……どうでしょう？　一応、オークション情報を調べてみましょうか」

そんな二人の話を聞き、イーリンは渋い顔で首を横に振る。

「オークション情報は、私も既に調べているわ。めぼしいものは見付からなかった」

そうですか、と清貴はにこりと目を細める。

「では、彼に相談に乗ってもらいましょうか」

「彼って？」

イーリンはぱちりと目を瞬かせた。

2

「いよいよ秋だなぁ」

小松勝也《かつや》は、ぽつりと洩らす。

なぜ、『いよいよ』なのか。それは年中観光客で賑わっている京都が、より一層の盛り上がりを見せるのが秋だからである。

京都のど真ん中——祇園《ぎおん》に探偵事務所を構える小松にとって、観光客の増減は目に見えて分かるもの。しかし、特に喜ばしいことはない。

飲食店ならいざしらず、探偵事務所の場合、目の前の通りを行き交う人数が増えても、売上が伸びるわけではないからだ。

なんなら、『道を教えてください』と無遠慮に飛び込んできて、礼も言わずに出て行く輩《やから》も多々現われるので、はっきり言って営業妨害だった。

ちなみに、『営業妨害』というのは探偵の仕事にではなく、プログラミングの副業にとってである。

打ち込んでいる時に、突然呼び出されると集中力が切れてしまうのだ。

つい、先ほども『あのぉ、御所へはどう行ったら良いですか?』と訪ねてきた観光客の若い女性二人がいた。

小松にとって、秋が来たなと感じさせる出来事である。

「ええと、御所っていうと、丸太町《まるたまち》だよな……」

小松はスマホの地図を開いて、頭を掻く。

彼女たちは『御所』と言っているが、正確には『京都御苑』である。

ここは、木屋町《きやまち》四条下ルであり、ここから京都御所への行き方をどう説明すれば良いのだろう、とまごついていると、

「バスを使うのでしたら、四条河原町のバス停から『4』、『17』、『205』系統に乗って『府立医大病院前』で下車すると良いでしょう。電車を使うのでしたら、京阪『祇園四条』駅から出町柳《でまちやなぎ》行きに乗って、『神宮丸太町《じんぐうまるたまち》』駅で降りると、徒歩ですぐですよ」

と、誰かが答えたのだ。

振り返ると、そこには黒髪に白肌の眉目秀麗な青年――家頭清貴がいた。

仕立ての良いスーツを纏っているせいか、いつもよりも男前度が増して見える。

女性二人は、きゃあ、と声を上げ、

「ありがとうございますっ」

小松に訊ねた時よりも、一オクターブ高い声を出し、今の人、カッコ良かったねぇ、などと言いながら事務所を後にした。


これが、つい先ほどの話。

その時分まで秋を実感していた小松だったが、今はなぜか春を思わせる。

「それで、聞いてください。僕はついに葵さんの正式な婚約者になったんですよ」

清貴の周囲に花が咲いているのだ。もちろん、比喩である。

が、『花が咲くように笑う』とは、まさにこのことだろう。

清貴の頬はほんのり赤く、幸せでたまらないという表情を見せている。

そんな彼を前にして、小松は、はぁ、と洩らす。

「……正式て。今までも『婚約者』やったんとちゃうの？」

怪訝《けげん》そうに言ったのは、円生だ。

円生は一度この事務所を出て行き、画家として成功したが、再びここに戻ってきて、以前と同じように二階で生活している。

もっとも新しい住み家を見付けるまでの話だが——。

今この事務所には、小松、清貴、円生が揃っている。

円生は以前使っていた自身のデスクにいて、清貴は応接用のソファに座っており、小松は所長のデスクでその様子を眺めている。

二人が出て行く前に戻ったようだ。

違っているのは、剃髪していた円生に髪があることくらいだろう。

今の円生は、前髪をセンターで分けていて、内側を刈り上げたツーブロックになっている。

円生に髪があるというだけで、今やここがモデル事務所のように感じるのはなぜなのか……。

「多くは語れませんが、二人の婚約が確固たるものになったということだけはお伝えしておきましょう」

と、清貴は胸に手を当てて、しみじみと洩らす。

円生はチッと舌打ちした。

「なんやねん、こいつ。ものごっつうざいんやけど」

それは自分も同感だ。

「大体、しっかり話せへんのやったら、最初から何も言わんでええねん」

「では、しっかり話をさせていただこうと思います」

「いらんて、聞きたないわ」

「まったく……、相変わらずカルシウムが足りてないんですね」

「はっ、おまえがそうさせてるんやろ」

「そうでしたか。では、お詫《わ》びに口を開けてください。小魚を放り込んであげますよ」

清貴はテーブルの菓子受けの中にあった、小魚の小袋をピリッと開けた。

「なにやってんねん、ほんまに小魚を口の中に入れようと、おまっ」

本当に……二人が出て行く前に戻ったようだ。

小松は顔を引きつらせながら、それより、と口を挟んだ。

「あんちゃん、今は税理士事務所からの帰りだろ？」

清貴は今月のはじめから、税理士事務所で働き始めたと聞いている。

働くと言っても正式に就職したということではなく、実務を経験するための修業で期間限定のもの。

今は夕方六時で、清貴はスーツ姿。仕事帰りと考えるのが自然だ。

「ええ、実はここで待ち合わせをしていまして」

そう言った清貴に、円生はやれやれと肩をすくめた。

「なんなん、ここで葵はんとデートの待ち合わせなん？」

「葵さんも来ますが、彼女だけではないんですよ」

その言葉を聞いて、小松は思わず前のめりになる。

「もしかして、客を紹介してくれるのか？」

「それがですね……」

と清貴が口を開きかけた時、

「なんにしろ、あんたらのラブコメに興味ないし、俺は上で休んでるわ」

円生は立ち上がり、二階へと続く階段を上がっていく。

どうやら円生は、葵と顔を合わせるのを避けているようだ。

円生は、香港の美術館でアーティストとして華々しいデビューを飾った。

その後、制作の依頼や個展の話、さらに講師や講演会などのオファーが後を絶たないそうだ。

円生はそれらをすべて保留にして、今後どうしていくかを考えているという。

まぁ、焦る必要もないだろう。

円生の作品『今都』は、一億六千万で売れた。関係者に一部天引きされたとしても、十分すぎるほどの金が入っているだろう（清貴に相談した結果、税金などのことを考えて、数年に分けて入金してもらうことにしたという話も聞いているが）。

今の円生は、自分がかつて望んでいたものを手に入れたのかもしれない。

そんな状態でも、たった一つ手に入っていないものがある。

それが、葵だ。

もしかしたら、以前よりもやりきれない気持ちになっているのではないだろうか。

円生の気持ちを推し量り、小松が少し切ない気分になっていると、インターホンが鳴った。

「おっ、嬢ちゃんだな」

と、小松はマウスをクリックして、パソコン画面で客の顔を確認する。

いつものようににこにこ微笑んでいる葵と、その隣に髪の長い女性の姿があった。

「嬢ちゃんに、イーリンさんじゃないか」

小松が驚いた声で言うと、画面の向こうでイーリンが会釈をした。


「――実は今、『蔵』でバイトさせていただいていまして」

事務所のソファに、葵とイーリンが並んで座っている。

小松と清貴は、その向かい側にいた。

皆の前にコーヒーが揃う頃、イーリンは来月から京都の私立大学の大学院生になること、京都や骨董品を知りたいと思い、『蔵』でバイトを始めたことなどを話した。

小松は、へぇ、と相槌をうつ。

イーリンは目だけで事務所の中を確認し、ちらりと円生のデスクを見て、すぐに目を伏せた。

彼女は円生に想いを寄せている。

円生の姿がなくて、ガッカリしているのだろうか？

そう思い、小松はあらためてイーリンを見たが、どこかホッとしたような表情を浮かべていた。

そうか。

イーリンにしてみれば、葵と一緒にいる状況で円生に会うのは、居たたまれなかったのかもしれない。

「それで、今日はわざわざ挨拶に来てくれたのか？」

テーブルの上には、イーリンが持参した菓子折りの箱が載っている。

詳しくはないが、妻や娘が喜ぶだろうデパ地下のスイーツだ。

「ご挨拶と、相談もあったんです」

「相談？」

小松が訊き返すと、実は、と清貴が話を引き継いだ。

「彼女は父親に、このようなお願いをされたそうです」

『どうにかして高宮と親しくなり、彼の所有しているコレクションの中で調べてきてほしいものがある』と、清貴はイーリンの父親・ジウ氏の言葉をそのまま口にして、さらにそのコレクションが宝石であると伝えた。

「高宮って、あの高宮さんのことか？」

円生の絵を高額で買った、京都岡崎《おかざき》に邸宅を持つ大富豪だ。

「ええ、あの高宮さんです。このジウ氏の依頼が少し気になりまして」

「何が気になるんだ？」

小松は小首を傾げると、清貴はイーリンから聞いた話を簡潔に伝えた。

「高宮さんが最近、ジウ氏が注目していた希少価値の高い宝石を手に入れた可能性があるのではないか、という話になりまして」

「あー、まぁ、そういうことなんだろうな」

小松が相槌をうつと、それで、とイーリンが話を引き継ぐ。

「私も、最近オークションで珍しい宝石が出品された情報がないか調べてみたのよ。でも、これといった情報はなくて」

「そうなんです、僕も調べたんですが、表には出てこなかったんですよね」

と、清貴が言って、意味深な視線を小松に送った。

表には出てきていない。それはつまり――、

「裏のオークションには出ているかもしれないいってことだな」

「そうなんです。ぜひ、小松さんに調べていただきたいと」

富裕層は、仲間内だけのオークションをするものだ。

時折、普通の人間はアクセスできない裏のサイトで行われている場合もある。

小松が、なるほど、と腕を組むと、イーリンがすかさず頭を下げた。

「もちろん、調査費はお支払いします。よろしくお願いいたします」

「まあ、そんくらいで調査費はいらないけどよ。しかし、あの善良そうなじいさんが、裏のサイトを利用しているとは思えないけどなぁ」

小松が頭を掻きながら言うと、いえいえ、と清貴、イーリン、葵が揃って首を横に振る。

「それとこれとは別です。美術に取り憑《つ》かれている者は、時に手段を選びません」

「あの人、なかなかのものだと思うわ」

「私も同感です」

三人からの波状攻撃に、小松は気圧《けお》されながら腰を上げた。

「お、おう。そうなんだな」

自分のデスクに移動して、パソコンの前に座る。

マウスをクリックしてからキーボードを叩き、そのまま一般人は簡単に侵入できない裏のサイトにアクセスしていく。

薬物の取引、銃の密売、はたまた人身売買を扱っていると思われるページが目に入る。目を覆いたくなるようなページは素通りして、主に美術品、宝石のオークションを確認した。

一通り確認し、うーん、と小松は唸《うな》る。

「そんなめぼしい情報はないな。あー……オークションとは関係ないけど、宝石関連で言えば、『日本人・田所敦子《たどころあつこ》所有のブルーダイヤが欲しい』なんて書き込みをしている輩がいるくらいだ」

田所敦子は小松の元依頼人である。大きなブルーダイヤを所有しているため、トラブルに巻き込まれやすい。

やっぱダイヤは怖いねぇ、と小松が洩らしていると、

「そのような書き込みがあるんですね」

と、清貴が背後に立って画面を覗き、ふむ、と顎《あご》に手を当てた。

「この書き込み、ＡＩに翻訳させているような英語ですね。おそらく英語圏の人間ではな

さそうです。小松さん、下の方にスライドしてもらえますか？」

　小松は、おう、と相槌をうち、画面の下へとスライドさせる。

　そこは宝石に関する情報が書き込まれているページだった。

『アイリー・ヤンが、世間には公表せずサンドロップを売却。購入者は不明。情報求む』……」

　清貴は英文を日本語に訳しながら読み上げて、へぇ、と洩らす。小松は小首を傾げた。

「サンドロップってなんだ？」

「南アフリカで発見されたイエロー・ダイヤモンドです。洋ナシの形にカットされていまして、サイズは一一〇カラット。装飾が施された状態でこれだけの大きさを誇るイエロー・ダイヤモンドは、世界最大級です。おそらく十億はくだらないかと」

　清貴の説明を聞きながら、へぇ、と小松は洩らして、検索画面で『サンドロップ』と入力すると、眩《まばゆ》いばかりのイエロー・ダイヤモンドの写真が画面に表示された。

　形は、洋ナシよりも、涙の形と言われた方がしっくりくる。

「えっ、嘘でしょう？」

　話を聞いていたイーリンが、信じられない、と囁《ささや》いている。

　アイリーは中国の元女優であり、現在は化粧品会社を経営している実業家だ。

　彼女の父親・ジウ氏は元々、アイリーの熱烈なファンだったという。

「そんなに驚くことなのか？」

小松が問うと、イーリンは強く首を縦に振る。

「アイリーは私が生まれる少し前に、主演女優賞を受賞したのよ。その時に自分へのご褒美として購入したのが、『サンドロップ』。それ以来『サンドロップは私の象徴』と言っていて、自社化粧品のポスターにも頻繁に使われているのよ」

なるほど、と清貴は相槌をうつ。

「そのような思い入れのある宝を手放さなければならないくらい、経営状況が厳しい可能性がある。だとしたら、そんなことは世間に知られたくはない――」

小松は、そっか、と納得した。

「それで秘密裏に売却したってわけだな。株価にも影響しそうだしなぁ」

と、小松がうなずいていると、イーリンは険しい表情でぶつぶつとつぶやく。

「もしかして、父はサンドロップの行方を追っているのかしら。それが、高宮氏の許に行ったと考えているとか……？」

「イーリンさんのお父様は、アイリーさんのために、サンドロップを買い戻したいと考えているってことでしょうか？」

葵がそう問うと、イーリンは、うーん、と唸る。

「父は今も昔もアイリーのファンで、彼女に甘い……というか、いつも協力的だけど、そこまでするとは思えないのよね」

それはそうだろう。いくらファンでも、十億円はくだらないダイヤだ。

でも、とイーリンは続ける。

「宝石に興味を示していなかった父だけど、アイリーが持っていたサンドロップとなれば、納得できるかもしれない」

「タイミング的にピッタリですよね」

と、葵も同意している。

しかし、なんのために……、と小松は腕を組む。

清貴が、たとえばですが、と人差し指を立てた。

「ジウ氏が、アイリーにプロポーズを考えているとか……」

その言葉に、イーリンはハッとした様子で口に手を当てた。

「ありえない話ではないかも……父も長く独身だし」

「自分が長い間、大切にしていたものを泣く泣く手放すことになって、落ち込んでいる時に、それを取り戻してくれたら、きっと感激でしょうね」

葵がしみじみとそう言った時、清貴はぴくりと肩を震わせたかと思うと、即座に葵の手を取った。

「葵さんは、長い間大切にしていて、泣く泣く手放してしまったものはありますか？」

「ありません」

葵は微笑みながら、間髪《かんはつ》を容《い》れずにぶった切る。

「あ、そうですか……」

分かりやすくしゅんとする清貴を前に、小松は笑いそうになって、緩む口許を手で覆い隠した。

清貴は小松に一瞥をくれた後、気を取り直したように背筋を伸ばす。

「僕が思うに……これはもう、高宮さんに直接伺った方が早いのではないでしょうか」

いやぁ、と小松は眉間に皺を寄せる。

「じいさんの家に行って、『サンドロップ持ってますか？』って訊くのか？　あまりにストレートすぎだろ？」

イーリンも神妙な顔でうなずいた。

「私もそう思うわ。もし高宮氏がサンドロップを手に入れたとして、それを公にしていないということは、誰にも奪われたくないという強い思いがあるかもしれないわ。私がそんなことを訊ねたら警戒されてしまう気がするのよね。何より彼はうちの父をよく思っていない感じで……」

と、ごにょごにょと話すイーリンに、清貴は口角を上げた。

「警戒されても問題ないでしょう。そもそも、ジウ氏の依頼は、高宮さんのコレクションの中に珍しい宝石があるかどうかを調べてくることだけ、すなわち確認のみです」

さらりと言った清貴に、小松も大きく首を縦に振る。

そうなのだ。

依頼は、宝石を手に入れろということではなく、確認だけなのだ。

「高宮さんが本当のことを言うかどうかはさておきまして、僕が近くにいる状態で、あなたが高宮さんに宝石のことを訊ね、彼からの回答さえもらえたら、所有の有無は分かると思うんですよね」

そう続けた清貴に、イーリンは、えっ、と訊き返す。

「どういうこと？」

「もし、彼が嘘をついたなら、僕には分かりますので」

迷いもなくそう言う清貴に、イーリンはぽかんと口を開ける。

その傍らで葵は、うんうん、と首を縦に振り、小松は、なるほど、と手を打った。

「あんちゃんは、人の心が読めるからな」

「小松さん、僕は嘘が分かるだけで、心までは読めませんよ」

そう言って清貴は呆れたように肩をすくめたが、人の心が読めるのも嘘を見抜けるのも、小松にとっては同じようなものだ。

イーリンも納得したようで、少し口惜しそうに言う。

「残念だわ。『根付披露会』に行く前にこの話ができていたら、清貴さんに同行してもらえたのに……」

「どうせまた、会合とかあるんじゃないかぁ？」

小松が問うと、イーリンは首を横に振った。

「しばらくないみたいなのよ。『根付披露会』の終わりに、『しばらくは、会合はありませんね。皆さんお元気で』って言っていて」

「では、一緒に高宮さんのお宅に伺うというのは……」

清貴がそう言うと、イーリンは再び首を横に振った。

「高宮氏、今は東京なんですって。なんでも彼はご家族の多くを事故で亡くしていて、残されたのは男のお孫さん一人だけだそうで……」

葵も、そうですね、と神妙な顔で相槌をうつ。

「たしか、亡くなられたお孫さん、生きていれば私くらいの年齢のお嬢さんだったという話を聞いたことがあります」

　初耳だった小松は、少し驚いて前のめりになる。

「えっ、そうだったのか」

　清貴は、ええ、と静かにうなずいた。

「以前、高宮さんはこのように仰っていたんですよ」

『……わたしは事業が成功したことで巨万の富を得ましてね。一時はこの世のすべてを手に入れたような気持ちになったことがありました。「金で買えないものはない」と驕ってもいたのです。そんなわたしに大きな天罰が下りました。

　仕事で忙しかったわたしを置いて旅行に出かけた妻と息子一家が交通事故に遭い、わたしは大切な家族を一度に亡くしてしまったんです。長年連れ添った妻も、自慢の息子も、可愛がっていた孫の聡子も……』

　調べるのが癖になっている小松は、話を聞きながら高宮の家族が遭った事故について検索した。

　それは、二十三年前の出来事だった。高宮の妻、息子夫婦と孫の四人が高速道路で事故に遭ったのだという。空港に向かう途中だったようだ。

孫の聡子は、当時五歳ということで、生きていれば二十八歳。実のところ葵よりも年上だったが、年配者にとって若い女性は同じように感じるのだろう。

「そうか、あのじいさんも、そんなつらい思いをしていたんだな」

小松はしんみりしながらぽつりと零し、ふと思い出して顔を上げた。

「あっ、でも、一人だけ生き残った孫がいたんだな」

「ええ、そのお孫さんも結婚して、子どももいらっしゃって東京で生活をしているんですって。高宮氏は、ひ孫が可愛くて仕方なくて、ひ孫に会いに最近は東京に行っていることが多いそうよ。それで今は、彼は東京に……」

そっか、と小松は頭の後ろで手を組む。

「だから、イーリン嬢とあんちゃんがふらっとじいさんの屋敷に行って、それとなく話を聞くってのができないわけだ」

そうなのよ、とイーリンは息をつく。

「何か会合やパーティが京都であれば、戻ってくるみたいなんだけど……」

すると葵が、そうだ、と手を叩いた。

「『今都』のお披露目パーティをお願いするというのはどうでしょう?」

　えっ、と訊き返した皆に、葵が話を続ける。

「円生さんの作品、そろそろ香港の美術館から高宮さんの許に届く頃だと思うんですよね。お祝いに、高宮さんに作品のお披露目を提案してみるのはどうでしょう」

　清貴は顔を明るくさせて、首を縦に振る。

「それは、良いアイデアですね。高宮さんも手に入れた宝を知り合いに自慢したいと考えるでしょうし」

　葵は、ありがとうございます、とはにかむ。

「実は、私も早く観たいって気持ちが先行しての思い付きというか、私欲というか」

「私欲ですか……」

　清貴が複雑そうな表情をしたその時、階段の方で微かに物音がした。

　どうやら円生がこっそり聞き耳を立てていたようだ。

　気が付いた清貴は目だけで階段の方を確認したが、葵とイーリンはその気配に気付かなかったようだ。

「あら、葵さんは、まだ観ていなかったのね？」

「そうなんですよ。ちょうどインターンでバタバタしていまして。早く観たいんです」

　と、そんな会話を交わしている。

「円生さんの確認を取ってから高宮さんにお願いした方がいいですよね。『円生さんもやる気でした』と伝えたら、お披露目パーティに前向きになってもらえそうですし」

葵は、弾むように言っている。

目だけを階段の方に向けていた清貴はそこから視線を離し、

「そうですね。それでは、円生への確認と高宮さんへの提案は僕からいたしましょう」

そう言うと、にこりと目を細めた。

円生へは僕からじっくり話をいたしますので、葵さんとイーリンさんは、先に帰っていてください——。

清貴がそう言ったことで、葵とイーリンは事務所を後にした。

二人がいなくなり、さて、と清貴は階段の方を向く。

「聞いていたのでしょう？ そんなわけで、あなたの作品のお披露目パーティを高宮さんに提案しても良いでしょうか？」

清貴が問いかけるも、階段の踊り場あたりにいるであろう円生はなんの反応も示さない。

シンとした静けさが事務所を襲った。

小松は落ち着かない気持ちで、禁煙用のパイプを口に咥《くわ》えていると、ややあって、ぎしっと階段から軋《きし》むような音とともに、円生が姿を現わした。

「……あの絵は、高宮のじいさんが買《こ》うたもんやし、じいさんがええ言うたら、好きにしたらええ」

と、どこか決まり悪そうに言う。

「もし、お披露目パーティをすることになったら、あなたに参加してほしいのですよ」

「なんでやねん。あんたらの作戦に俺は関係あらへんやん」

円生は、予想通りの返答をする。

そうですね、と清貴はうなずいた。

「僕たちの作戦にあなたは関係ありません。ですが、本当に『今都』のお披露目パーティが開催されたなら、高宮さんのアート好きな仲間が参加されるでしょう。その場にあなたがいるというのは、今後の活動の大きな糧《かて》となると思います」

円生は、はっ、と鼻で嗤《わら》う。

「金持ちのご機嫌取りしろて言うんか」

これもまた、予想通りの反応だ。

おそらく清貴は、ここでやんわり説得するのだろう。

小松はそう予測を立てていたのだが、

「一作、絵が高く売れただけで、もう天狗ですか？」

清貴は、やれやれ、と肩をすくめた。

はあ？　と円生は目を見開く。

「天狗って、なんやねん。俺は元々こんなんや」

たしかにそうだ、と小松は同感したが、清貴は冷ややかに続けた。

「僕はあなたが、これまでどおりでいるつもりだとは思っていなかったので。失礼いたしました。あなたの許可も取れましたし、高宮さんにお願いをすることにします」

それでは、と清貴は、小松に会釈をして、事務所を後にした。

3

清貴の話が終わったのが分かり、事務所の玄関に佇《たたず》んでいたイーリンは、どうしよう、と目を泳がせた。

まごまごしていると清貴が玄関にやってきて、おや、と微笑む。

「まだ帰られていなかったのですね。葵さんは？」

イーリンはばつの悪さに身を小さくさせながら答えた。

「先に帰ってもらったんです」

「円生にお話があったのでしょうか？」

そうなんだけど……、とイーリンは小声で言って、首を横に振る。

「今はやめておくことにします」

「それが良いかもしれませんね。彼は今ピリピリしているでしょうし」

と、清貴は小さく笑い、共に事務所を後にした。

外に出ると、すっかり日が暮れ、空が暗くなっていた。

高瀬川《たかせがわ》の畔に立つ京町家や街灯の明かりが、とても幻想的だ。

「たしか、鴨川沿いのマンションにお住まいなんですよね。お送りしましょうか」

イーリンのマンションは、二条《にじょう》と三条の間にある。

清貴にとっては帰り道だ。

ありがとうございます、とイーリンは会釈をした。

木屋町通を北に向かって歩きながら、イーリンは思い出したように口を開いた。

「ちょうど、清貴さんにもお訊きしたいことがあったんです」

「僕に？」

清貴はぱちりと目を瞬かせる。

「歩きながら、お話ししても良いでしょうか？」

清貴は、もちろん、とうなずいた。

「河川敷を歩きましょうか。歩きやすいですし」

二人は四条大橋の西側の袂から階段を下りて、鴨川の河川敷に出た。

昼間は、まだ夏の暑さを引きずっていたが、この時間になると少し涼しく、水辺に吹く風が心地よい。

顔を上げると、鴨川に面して軒を連ねる飲食店が、床を張り出しているのが見えた。

「川床、まだやっているのね」

イーリンが独り言のようにつぶやくと、そうですね、と清貴も顔を上げる。

「基本的に五月から九月まで出ているんですよ。観光客は『川床《かわどこ》』と呼んでいますが、鴨川の場合は『納涼床《のうりょうゆか》』です。『川床』とは主に貴船《きぶね》や高雄《たかお》の床を指しているんですよ。ちなみに納涼床ですが、地元の人間は、『床《とこ》』と略することが多いですね」

あっ、とイーリンは肩をすくめた。

「そうだったのね、ごめんなさい」

「いえいえ、分からなくて当然ですので謝らないでください」

ごめんなさい、とイーリンはまたも謝ってしまい、ばつの悪さに身を縮めた。

「イーリンさんは、外国の方にしては、少し珍しいですね」

そう言った清貴に、イーリンは小首を傾げる。

「私が珍しい？」

「日本人のように、すぐ謝られるので」

「そう言えばそうね。理性では分かっているんだけど、訂正されたり、指摘されたりすると怒られている気持ちになって、つい謝ってしまうの。アメリカに留学して、少しはマシになったんだけど、すぐに戻ってしまうのよね」

これは父にも指摘されているところだ。

『すぐに謝っていては、下に見られるぞ』と何度、注意されただろう。

そうでしたか、と清貴は静かに洩らし、遠い目で囁く。

「あなたはこれまでずっと、周囲に気を遣って生きてきたのでしょうね」

「………………」

その言葉が、イーリンの胸に沁みた。

彼は自分のことなどほとんど知らないはずなのに、何もかも分かってくれているような錯覚に陥る。

イーリンはちらりと清貴の横顔を見る。

その涼やかな横顔が美しく、思わず目を奪われた。

「ところで、僕に訊きたいこととは？」

清貴に問われて、ぼうっとしていたイーリンは我に返り、慌てたように口を開いた。

「あっ、ええと、そうね。その前に円生さんに言っていた『天狗』の意味を訊いてもいいかしら？」

「天狗というのは、日本の伝説に登場する神や妖怪の類《たぐい》で……」

天狗の説明から始めようとする清貴に、イーリンは慌てて言う。

「天狗もその他の意味も知っているわ。円生さんが言っていた通り、彼はパーティとか嫌いだし、元々ああいうタイプじゃないかと……」

そうですね、と清貴は苦笑する。

「円生がパーティ嫌いなのは知っていますし、嫌いな場に出席したくないならば、構いませんし、金持ちの機嫌を取れなんて、そもそも思ってもいませんよ」

「それじゃあ、どうして天狗と？」

「僕は、彼がパーティに出るのを嫌がっているから天狗と言ったわけではないんです。あの時の彼の言葉から、以前にはなかった驕りが伝わってきたんです」

「驕り……」

あれほどの才を持っているのだ。驕るのは仕方ないような気もする。

「自らの才能を認めるのは喜ばしいことですが、過信は良いとは言えません」

清貴は、イーリンの胸の内を察したように答える。

イーリンは驚きながらも、動揺を隠して相槌をうった。

「清貴さんって、すごいのね」

「いえ、そんなことは……」

「ううん、本当にすごいと思うわ。見た目も美しくて、知的でスマートで、人の心の機微が分かる。私の目には完璧な男性に見える」

完璧ですか、と清貴は少し可笑しそうに口に手を当てた。

「誤解しないで聞いてほしいのだけど、あなたが葵さんを選んだ理由が知りたくて」

清貴は、えっ、とイーリンの方を向いた。

もちろん、とイーリンは弾かれたように続ける。

「葵さんは、優しくておっとりしていて、とても素敵な女性よ。それは分かっている」

しかし、優しくておっとりした女性は世にいくらでもいる。

清貴や円生のような特異な才能を持つ男性に愛される、『特別な何か』があるとまでは思えないのだ。

「僕が葵さんに惹かれるところはですね……」

イーリンは少しの緊張を覚えながら次の言葉を待つ。

清貴は、しっかりと視線を合わせて、にこりと目を細める。

「僕のことを微塵も『完璧な男』なんて思っていないところですよ」

イーリンは戸惑い、怪訝に目を細める。

「それじゃあ、葵さんはあなたのことをどんなふうに思っているのかしら？」

清貴は、そうですね、と口角を上げる。

「葵さんは僕のことを……決して完璧ではなく、欠落していて、少し困った、どこか危うい変人だと思っているでしょうね」

ええっ？ とイーリンは目を見開くも、

「……つまり、葵さんと一緒なら、『完璧な男性じゃなくても良い』という安心感があるということなのね。それは心が安らぎそう」

と、自分を納得させるように続けた。

「僕の中で少しニュアンスが違いますが、まぁ、当たらずとも遠からずという感じでしょうか」

こういうことは言語化が難しいのかもしれない。

「ところで、僕にそんなことを訊くのは、それもやはり円生を意識してのことでしょうか？」

ずばり問われて、イーリンはグッと息を呑む。

誤魔化そうと思ったが、無駄だろう。

「……ええ、そうね」

頬どころか耳まで熱くなるのを感じ、恥ずかしさにイーリンは俯いた。

清貴は、そっと口角を上げる。

「僕は好青年を装っているので、恋愛相談を受けることが多いんですよ」

装っている？

その言葉に引っかかったが、話の続きが気になったので何も言わずに相槌をうった。

「男性から相談を受けた場合は、遠慮のない意見を伝えられるのですが、女性相手ではそうはいかず、いつも当たり障りのないアドバイスをすることが多いんです」

へぇ、とイーリンは洩らす。

「もし良かったら、あなたに男性に伝えるような遠慮のないアドバイスをしても良いでしょうか？」

「えっ、あっ、それはもちろん、喜んで」

「もしかしたら、少し衝撃を受けるかもしれませんが」

「衝撃なんて……」

イーリンは小さく笑った。

恋愛のアドバイスで、衝撃を受けることなんてあるのだろうか？

「まぁ、これから伝えるアドバイスが、円生に通じるかは分かりませんが……」

イーリンはごくりと喉を鳴らして、どうぞ、とうなずく。

「好きな男の心をつかむには、その男の性癖を見付け出すのが一番でしょう」

「せい……？」

聞き間違いだろうか、とイーリンは眉根を寄せる。

「そして、彼の性癖を認めて包み込んであげてください。そうしたら、彼は決してあなたを離さなくなります」

もちろん、可能でしたらの話ですよ、と清貴は続ける。

「…………」

それは、思った以上に衝撃的であり、イーリンはしばし絶句していた。

ややあって、混乱する頭を整理して口を開く。

「つまり、その、葵さんは、あなたの、その……」

品行方正な彼だが、その裏にはとんでもない趣味があったということだろうか？

「ああ、僕に特殊な性癖なんてないですよ。たぶん」

「たぶん……」

「ええ、自分では人並みではないかと」

清貴はにこりと笑って、話を続けた。

「葵さんが僕に対する感情は、それに近いものがあるんです」

はぁ、とイーリンは洩らす。

「分かったような、分からないような……もう少し詳しく聞いてもいいかしら？」

そうですね、と清貴は空を仰いだ。

「自分の内側には、自分でも受け入れがたい部分があり、その部分を嫌悪したり、罪悪感を抱いたりしています。けれどそれは決して切り離せるものではない、それこそ特殊な性癖のようなものです。僕は一生隠して生きていくものだと思っていました。ですが、彼女はそうした部分もまるごと受け止めてくれたんです」

性癖というのは極端なたとえ話で、人にはそれぞれ自分の内側に何かを飼っていて、それはとても危ういものということだろう。

自分にもあるとは明言できないが、きっと自分も内側に危ういものを飼っている。

「葵さんは、自らが拒否し、受け入れ難かったものを包んでくれました。そんな部分も含めて、好きだと言ってくれたんです」

清貴の言葉に熱が籠《こも》っている。それは熱情ではなく、賢者に救われた罪人のような響きを持っていた。

つまり、葵は清貴のそうした部分、性癖に近い『何か』を受け入れたから、あんなにも愛されているということだ。

言っていることは分かるが、理解までいかないのが正直なところだ。

「……でも、もしかしたら、葵さんは、円生さんのそうした部分も無自覚に受け止めたのかもしれないわね」

イーリンは真っ暗な川上を眺めながら、独り言のように洩らした。

言葉にしてからイーリンは、はたと気付いて、口に手を当てる。

「ごめんなさい。こんなこと、あなたに訊くことじゃないわね」

いえいえ、と清貴は首を横に振る。

「円生が葵さんに惹かれている理由は、僕とは少し違っていると思っています」

「え……？」

清貴はイーリンを横目で見て、いたずらっぽく笑う。

「ですので、円生は僕ほど、葵沼に沈んでいるわけではないかと」

「葵沼って」

イーリンは、ぷっ、と噴き出した。

彼はエールをくれたのだろう。

そう思うと、ばつが悪い気持ちになり、目をそらした。

ちょうどマンションが見えてきたところだったので、イーリンは足を止めて、清貴に向かってお辞儀をした。

「ここで大丈夫です。ありがとう、清貴さん」

「では、僕はここで。お疲れ様でした」

清貴も立ち止まり、会釈する。

イーリンが階段を上ると、目の前にマンションが現われた。

高級マンションと謳っているが、京都市の景観条例に従い、高さは三階しかない。

イーリンはオートロックを解除して、マンションのエントランスに入った。

ホテルのロビーのようなエントランスは、東に向かってガラス張りになっている。

そのため、鴨川を見下ろすことができた。

清貴は、まだ河川敷にいた。

どうやら、イーリンがマンションに入るのを確認していたようだ。

無事に建物の中に入ったのを見届けたようで、何事もなかったかのように北の方へ歩いていく。

「本当にスマートな人……」

やはり、彼の完璧なところに触れるたびに、なぜ葵をと疑問に思ってしまう。

それは葵を下に見ているのではなく、清貴が際立ちすぎているためだ。

清貴が、葵に惹かれた理由を聞き、一応は納得したのだが、腑に落ちたわけではなかった。

「ジーファ、ただいま。テレビをつけて」

イーリンは三階の端の自分の部屋に入るなり、そう言う。

すると、『お帰りなさい』という声とともに、パッとテレビが付いた。

家の中に『ジーファ』という使用人がいるわけではなく、ＡＩアシストである。

イーリンは、ナニーの名前を付けていた。

帰宅してすぐにテレビをつけたのは、今夜の経済番組でイーリンの父、ジウ・ジーフェイが取り上げられると聞いていたからだ。

放送まで時間はあるが、テレビをつけっぱなしにしておいたら、見逃すことはないだろう。

無論、録画はしているが、リアルタイムでチェックしたい。

今のうちに、とイーリンはシャワーを浴びて、買っておいたコンビニのサラダを食べる。

スパークリングウォーターを飲みながら、ぼんやりテレビを眺めていると、番組が始まった。

アジアで活躍している実業家の一人として、ジウ・ジーフェイが紹介されていた。

『中国バブルの波に乗った成功者』と言われている。

これは多くの人がそう思っているが、イーリンの認識は少し違っていた。

中国バブルは、北京《ペキン》オリンピックがきっかけだと言われている。

父の成功は、それよりも前だ。

父は、北京大学で知り合った女性・可晴《クーチン》と恋愛関係となり、結婚した。

クーチンは元々、裕福な家の娘だった。

父は、クーチンの実家の支援と、鄧小平《とうしょうへい》が推し進めた先富論《せんぷろん》に乗ったかたちで、事業を展開していった。

クーチンが長女、次女と出産し、末の長男シュエンが生まれた頃には、父は中国で指折りの実業家になっていたという。

「だから、私が子どもの頃から、うちはお金持ちだったのよね……」

イーリンが育った家は、高層ビルの最上階フロアにあった。専用エレベータ付きで、常にナニーと使用人、家庭教師に囲まれて生きてきた。

でも、とイーリンは息をつく。

「家族と一緒に生活はできなかった……」

父は、異母姉兄や祖父母と共に本宅に住んでいた。

イーリンが本宅に招かれるのは旧正月くらいだ。

年に一度、家族が集まれるその日を、イーリンは心待ちにする反面、恐れてもいた。

また、父にほとんど話しかけられないかもしれない。

また、兄に酷いことを言われるかもしれない。

また、姉たちに無視されるかもしれない。

また、祖父母や親族たちの冷たい視線を浴びるかもしれない。

そして、大抵、その予感は当たる。

どうして、私ばかりのけ者にされるんだろう?

幼い頃は、そんな疑問を抱いたこともあった。

しかし、七歳の頃だっただろうか。

親戚の女性に真相を教えられたのだ。

『あなたの母親は、とんでもない女だったのよ』と――。

それから、すべて仕方のないことだと受け入れるようになった。

イーリンの母・芷琳《ジーリン》は財産目当てで、既婚者である父に近付いたのだ。

正妻のクーチンは夫が浮気をし、挙句、相手の女性が妊娠までしていることを知って、心を病んで命を絶ってしまった。

本妻を死に追いやった疫病神のジーリンだが、出産するのだからと、一度父と結婚し、イーリンを産んだ後、父から手切れ金をもらったうえで離婚。その後は、姿を消したという。

こんな自分の事情は、以前、円生に伝えている。

上海の海岸沿いで、浦東《プードン》の夜景を眺めながら、ビールで乾杯した夜のことだ。

『それなのに私の母は、私を産んだ後、すぐ父の元を離れたわ。慰謝料だけふんだくってね。そんなことがあったから、私は、父の親族からは厄介者扱いよ。兄は私を殺したいくらいに憎んでいる――』

イーリンは、あの時、円生に伝えた言葉を思い出し、苦笑した。

「思えば、自分から誰かに話したのは、あの時が初めてだったのよね……」

姿を消した母が、今は、どこで何をしているのか分からない。

残されていたわずかな写真に、母の姿があった。

自分にとてもよく似た女性だった。

イーリンが親戚一同から嫌われていたのは、母とそっくりな容姿のせいもあるのだろう。

常に『いずれ、男を惑わすようになる』『性悪女の娘』と囁かれてきた。

父からも、イーリンを自らの過《あやま》ちの象徴だと思っていることが伝わってきている。

だから娘を直視せず、避けていたのだろう。

自分が、内側に何か飼っているとしたら、それは罪悪感の塊のようなものだ。

「私が存在しなければ、クーチンさんは亡くなっていなかったんだ……」

胸に痛みが走る。

ごめんなさい……、とイーリンは小声でつぶやいて、額に拳を当てた。

4

「イーリンさん、高宮さんがお披露目パーティを了承してくださいましたよ」

葵からそう伝えられたのは、あの夜から三日後のことだった。

まさか、こんなに早く話が決まると思わず、イーリンはエプロンをつけていた手を止めて、えっ、と訊き返す。

そう、今日は三日ぶりのバイトで、ちょうど骨董品店『蔵』に着いたところだった。

「本当に？」

「ええ、高宮さん、大喜びだったそうですよ。ホームズさんは家頭邸での開催を提案したんですが、高宮さんは『いやいや、ぜひうちで』と仰いまして、高宮邸で開かれることになったんです」

葵は開店準備を進めながら、にこにこ話す。

それはそうでしょうね、とイーリンはエプロンの紐を縛った。

「他の屋敷でお披露目会なんてしたくないと思うわ」

ですよねぇ、と葵も愉しげにうなずく。

「そういうところ、ほんとホームズさんですよね。誘導が上手いというか」

しみじみと話す葵を見ながら、ふと河川敷での清貴の話がイーリンの頭を過る。

「……清貴さんって、完璧よね？」

思わず試すように問うと、葵は什器に掛かっている布を畳みながら、そうですねぇ、と鷹揚に答えた。

「葵さんも、彼を完璧だと思っているのよね？」

イーリンが思わず突っ込んで訊ねると、葵は目を瞬かせた。

「あ、ええと、はい。対外的な部分は、本当に完璧な人だと思ってます」

その話しぶりから、葵が清貴のすべてを完璧だとは思っていないのが伝わってくる。

清貴が言っていたのは、本当なのかもしれない。

イーリンが黙り込んでいると、葵は不思議そうに小首を傾げる。

「どうかされたんですか？」

私は、とイーリンは少しムキになって口を開いた。

「清貴さんに会うたびに、その完璧ぶりに驚かされるのよ。容姿端麗で知的で気遣いができる。きっと葵さんも、そんな完璧な清貴さんを好きになったんだろうと思っているんだけど、この前、清貴さんが言っていたのよね。葵さんは自分のことを微塵も『完璧な男』なんて思っていないって……」

本当？　とイーリンが前のめりになると、葵は弱ったようにうなずいた。

「なんて言いますか、さっきも言ったようにある部分では完璧だとは思っていますが、完璧じゃないところもたくさんありますし」

「それじゃぁ、清貴さんは、『葵さんは僕のことを欠落していて、少し困った、どこか危うい変人だと思っている』とも言っていたんだけど、それは本当かしら？」

ずばり訊ねると葵は、あー、と洩らして弱ったように苦笑する。

「……まぁ、そうですね」

「変人って、どこが？」

と、イーリンはさらに前のめりになる。

やはり、特殊な趣味を持っているのだろうか？

イーリンは固唾を呑んで、葵の返答を待つ。

葵は説明に困っている様子だったが、たとえば、と口を開く。

「イーリンさんもすでにご存じだと思いますが、ホームズさんは、京都や古美術への愛が尋常じゃないですよね。一緒に過ごす時間が長くなるほど、それはもう変人の域だと強く思うようになるんです」

「それは、少し分かるわ」

「それに、基本的に自分至上主義で腹黒い人ですし」

「腹黒……」

てっきり葵は、ただひたすらに清貴に惹かれているのだろうと思っていたが、意外にもそうではないようだ。

「ただ、ホームズさんの凄いところは、『三方良し』にするんですよ。自分の願望を満たすために、他も良くなるようにしてしまうんです」

「三方良しって？」

「商人の心得なんですが……」

と、葵は『三方良し』について説明をしてくれた。

元々、近江《おうみ》商人の心得であり、『売り手』、『買い手』、『世間』の三方が喜ぶことで、やがて大きな利益となって返ってくるというものだ。清貴は、商売はもちろん、私生活でも、『三方良し』を心得ているのだという。

「えっと、それってどういうこと？」

いまいちピンと来ない、とイーリンは首を捻る。

「『自分』『相手』『世間』ですね。たとえばですが、ホームズさんが人に親切にすると、その相手は喜びます。誰かが喜んでいるとその場の空気が良くなる。そうすると、ホームズさんの評判が良くなって人づてに良い話が舞い込むなど、自分に大きなことが返ってくる。常々ホームズさんは人に親切にするのは、全部自分のためだと言っているんですよ」

「えっ……」

イーリンの脳裏に、あの夜、自分がマンションに入るまで、河川敷で見守っていた清貴の姿が過る。

自分への親切もそうだったのか、とイーリンは少なからずショックを受けた。

「ちなみに、彼女である私に対して良くしてくれるのも、自分のためだって豪語しているんですよ。全部下心がありますって」

さらにそう続けた葵に、イーリンは目を大きく見開いた。

「ちょっと待って、それ、わざわざ言われるのは嫌じゃないのかしら？」

「嫌だという人はいると思うんですが、私は正直に伝えてくれるのが嬉しいです」

葵はそう言ってはにかむ。

一見、『普通の女の子』という感じの葵だが、一風変わっているのかもしれない。

「あっ、それで高宮さんのパーティ、日程などをこれから詰めていくのに、イーリンさんのご都合を知りたいとホームズさんが言っていました。とりあえず、今月の都合の悪い日を教えていただけますか？」

葵は思い出したように話を戻して、カウンターの上の卓上カレンダーを手にする。

イーリンは、ええと、と肩をすくめた。

「今のところまったく予定が入っていないから、いつでも大丈夫よ」

そうでしたか、と葵はカレンダーを元の位置に戻して、微笑んだ。

「楽しみですね」

ええ、とイーリンは笑みを返しながらも、自分に課せられたミッションを振り返り、微かな緊張を感じていた。

5

円生の新作『今都』のお披露目パーティは、中秋の名月に行われることとなった。

高宮は『月と絵画を愛でる会』と銘打ち、多くの友人、知人を招いているという。

当日、イーリンは、教えられている住所にタクシーで向かっていた。

高宮邸は岡崎にあるということで、窓の外に目を向けると、見上げるほど大きな平安神宮の鳥居や、美術館、ロームシアター京都などが見えてくる。

「この辺りも素敵ね……」

イーリンが小声で囁いて、腕時計に視線を落とした。

十八時二十分。受付は十八時半からだから、間に合うだろう。

欧米のパーティでは、伝えられていた時間よりも早く着いたり、時間きっかりだったりするのは嫌がられることもあるが、日本は早めが好まれる傾向にある。

　主催者の高宮がどういうタイプか分からない以上、受付開始頃に到着するのが無難だとイーリンは判断した。

「お客さん、そこ曲がったら着きますよ。高宮さんの家は、そこの一角全部なんです。玄関前でいいですか？」

　運転手の問いかけに「ええ」と答えて、イーリンは手鏡を出す。

　到着前に、自分の姿を確認した。

　今宵のパーティに合わせて、イーリンは秋の夜を意識した藍色のイブニングドレスを纏っている。首には、小さなダイヤが鏤められたネックレスをつけていた。これは今、世界的に話題になっているアジア発のジュエリー・ブランド『華《ハナ》』が作っている、星をイメージしたネックレスだ。

『華』はイーリンの知人であり、華亜《ファーヤー》コーポレーション代表・周浩宇《チヨウハオユー》の一人娘・周梓萱《ズジュエン》――日本名・梓沙《あずさ》が代表を務めている。

『華』は元々アパレルブランドだったが、ジュエリー部門も立ち上げたところ、新作のアクセサリーが韓国の人気女優の目に留まり、人気に火がつき、一気に広まった。

　今やアパレルよりも、ジュエリー・ブランドのイメージがあるほどだ。

どうせ一時の流行《はや》りでしょう、と少し穿った見方をしていたイーリンだったが、『華』のジュエリーを見ていくうちに、心がときめくのを感じた。

今、つけているネックレスも、一目惚れしたものだ。

普段のイーリンなら見ているだけで買うことはなかったが、円生の作品のお披露目パーティとなれば、話は別だ。

高宮邸の前に到着し、タクシーを降りる。

噂通り、高宮邸は京都市内にあるとは思えない、大きな邸宅だった。

侵入者を許さない気概を感じさせる高い鉄柵の門の向こうには、芝生が敷き詰められた庭が広がっている。

今宵はパーティということで門が開放されていて、庭に人だかりができていた。

玄関の前にテーブルがあり、来客たちが列を成して受付をしている。

日本人だけではなく、西洋人の姿も多く見受けられた。

「まさか、ここまで本格的だなんて……」

招待状は紙ではなく、メールで届いていた。

イーリンが受付のテーブルでメールに添付されているＱＲコードを見せると、スタッフがスキャナーを使って読み込んだ。

「ジウ・イーリン様、ようこそおいでくださいました。玄関を入って右の突き当たりのホールが会場となっております。下足のままで大丈夫です。ご自由にお食事やお酒を楽しんで、作品をご覧ください。当屋敷、今宵は二十一時半までは出入りできます。お庭もご自由にお使いください」

お帰りもご自由に、とのことだった。

てっきり、開始時間になったら高宮が挨拶などをして始まるパーティかと思ったが、招待客がふらりと来て、絵を観て帰ることができるかたちを取ったようだ。

「『げそくのまま』って、どういう意味かしら」

と、イーリンはスマホで意味を調べ、靴を脱がなくても良いことを知り、へぇ、と洩らす。

靴を脱いで家に上がる文化がある、日本ならではの言葉だろう。

清貴と葵は、既に来ているのだろうか？

イーリンは、そんなことを考えながら、他の来客たちとともにパーティホールへと向かう。

ホールは、広い長方形だった。長辺の壁にはバルコニーに続く窓があり、向かい側には長テーブルが置かれ、料理やワインが並んでいる。

ホールのところどころに円形のテーブルと、壁際にソファも置かれていた。

部屋の端では、楽団が流麗な音楽を奏でている。

肝心の『今都』はというと、短辺の壁に飾られていた。

上下左右から柔らかくライトアップされていて、来客たちが手を伸ばしても絵に触れられない位置にロープが張られている。

『今都』は、夕暮れ時の祇園の町を俯瞰した絵だ。

鴨川に架かる四条大橋と南座から東の突き当たりにある八坂《やさか》神社。それらの景色が、緻密に美しく描かれ、何より行き交う人々が生き生きと楽しそうにしているのが印象的だ。

客人たちは、『今都』を眺めて、立ち尽くしている。

「観入ってしまうね」

「ええ、なんだか、絵の中に吸い込まれそう」

そんな話し声が聞こえてきて、自然とイーリンの頬が緩む。

「こんばんは、イーリンさん」

清貴の声がして、イーリンは弾かれたように振り返る。

チャコールグレーのスーツを纏った清貴の姿がそこにあった。手には、真っ赤な薔薇《ばら》の花束を持っている。

もう見慣れたと思っていたのだが、清貴の際立った美しい容姿を前にすると思わず気圧された。

だけど、着ているのがスーツではなく、浅葱色のだんだら羽織で、手に持っているのが花ではなく刀だったら……、とイーリンは、一瞬のうちに新選組と重ねて妄想し、すぐに気を取り直す。

「こんばんは、清貴さん。その花は……？」

「もし、円生が来たら渡してあげたいと思いまして」

清貴はそう言っていたずらっぽく笑う。

間違いなく嫌がらせだ。

「彼が来なかったらどうするの？」

「高宮さんが、今宵のパーティに合わせてセーヴルの花瓶を購入したと聞いたので、それに入れてもらいます」

セーヴル焼は、フランスのセーヴル地方で生産される磁器だ。

元はドイツのマイセンに対抗したものであったが、今や『フランスの誇り』、『幻の陶磁器』とも呼ばれている。

なぜ、幻なのか。それは少数精鋭の職人たちが、年間六千程度しか生産しておらず、非常に価値が高い陶磁器だからだ。

フランスは、薔薇の国。セーヴルの花瓶には、薔薇が似合うだろう。

円生への花束と言うのは、彼の冗談だったようだ。

「ところで、葵さんは？」

「入口で厄介《やっかい》なお嬢様に出くわしまして話し込んでいたんですが、今は絵に観入っていますよ」

その言葉に、イーリンは『今都』に目を向ける。

清貴の言葉通り、葵は作品の前で立ち尽くしていた。

微動だにしない。

葵が感動しているのが、その背中から伝わってきた。

葵のこんな姿を円生が見たら、おそらく胸を熱くさせるに違いない。

じりり、と焦げるような思いがして、イーリンは視線をそらした。

清貴はどう思っているのだろう。

イーリンは葵から目を離し、清貴の表情を確認する。

いつもと変わらない様子ではあったが、どこか寂しさのようなものが滲み出ている。

「……葵さんが、円生さんの絵に夢中になっている姿を見るのは、やっぱり悔しいのかしら？」

　すると、清貴は微かに肩をすくめる。

「最初はおこがましくも悔しく思っていたのですが、今は……単純に羨《うらや》ましいですね。これまで何度も思ったことです」

　そう言うと清貴は『今都』に視線を移し、眩しいものを見るかのように目を細める。

「僕に、あれだけの才能があったらと……」

　ふと、高宮が『ないものねだり』と言っていたのを思い出した。

　清貴も、高宮側の人間なのだろう。

　そして、そんな彼らが焦がれる天賦《てんぷ》の才を持つ円生は、清貴に嫉妬《しっと》している。

　やはり、みんなそれぞれ『ないものねだり』ということだ。

「ところで、厄介なお嬢様って？」

　イーリンは、先ほど清貴が言っていた言葉を思い出して訊ねる。

　その時、ようやく絵を観終えた葵がやってきた。

「円生さんの『今都』、本当に素敵でしたね。涙が出そうになりました」

　そう言う葵の頬は紅潮し、目が潤んでいた。

「葵さんは、あの絵を観て、どう感じたのかしら？」

『今都』が香港の美術館に展示されていた短い期間、イーリンは可能な限り、作品を観に行っていた。

その間、様々な人が訪れて、『今都』について語っていた。

イーリンの肌感覚では素直に感動する者が半数で、あとの半分は、専門的な知識を用いて具体的にどういった部分が素晴らしいかを語る者もいれば、技術がまだまだだと指摘する者も。

また、無名の駄作と吐き捨てる者もいたが、これは少数だ。

葵はどんなふうに感じたのだろう？

イーリンの問いかけを受けて、葵は今一度、遠くを見るように絵を振り返る。

「円生さんの作品って、とても惹き込まれるんですよね。観ていると自分も絵の中に入ってしまうような感覚に襲われる」

これは、イーリン自身も感じていたことであり、また多くの人間が口にしていることでもある。

「それでいて、人を寄せ付けない研ぎ澄まされたものも感じるんです。こちらは絵に入り込んでしまうのに、そこに留まるのは許してもらえないというか……」

それも同感だった。

「今度の作品は、良い意味でその尖った感じがなくなっているように思いました。『この絵の中に入りたいなら、どうぞご自由に』という余裕のようなものが感じられたというか……。これが、今の円生さんから見た『京都』なんだと思うと嬉しくなりました」

美しくて、明るくて、楽しくて、だけど神秘的であり、仄暗さもある。

入るのも、出て行くのもご自由に。

葵は、まるで天からの啓示をそのまま口にしているかのように言葉を選ぶことなく、自ら感じたことをそのまま伝えていた。

美術館で講釈を垂れていた専門家に言わせれば拙《つたな》い感想かもしれないが、イーリンにとっては、どんな解説よりも胸に響く気がした。

同時に微かな悔しさを感じたが、イーリンはそれを隠して、本当ね、と相槌をうつ。

「そして葵さん、今宵はお着物にしたのね。素敵だわ」

葵は、訪問着を纏っていた。

優しい月の光を思わせる生成《きな》りに、萩の紋様があしらわれている。黒っぽい帯には丸い月が描かれていた。さらに、帯には陶器のうさぎの根付がついている。

中秋の名月に合わせたコーディネートだ。

ありがとうございます、と葵は照れたようにはにかむ。

パーティの主役である『今都』は祇園の町を描いたもの。思えば着物は、これ以上ないほど、今宵の場に相応しい衣装なのではないだろうか。

「私も着物にすれば良かったわ。その方が高宮さんにも喜ばれたかも……」

イーリンは自分の服選びが浅はかであったような気がして、ドレスを今すぐ着替えたいような、居たたまれない気持ちになり、目を伏せる。

葵は、そっとイーリンの腕に手を触れた。

「藍色のドレスに小粒のダイヤのネックレスは、秋の夜と星々をイメージされたんですよね？」

イーリンは戸惑いながらうなずく。

「中秋の名月を引き立てるファッション。とっても素敵です」

葵が強い口調で言ってくれたことで、不安になっていた心が緩和されていく。

「そう……かしら」

おずおずと洩らすイーリンに、ええ、と清貴も同意した。

「とてもお似合いですよ。あなたの和装は『根付披露会』の時にすでにお見せしているわけですし、今宵はドレスで良かったのではないでしょうか」

二人に褒めてもらい、沈みかかっていたイーリンの心が浮上した。

「ありがとう。そしてあらためて葵さんのお着物、とってもお似合いだわ」

イーリンがそう言った刹那《せつな》、

「今日の葵、本当に可愛いわよね」

ひょっこりと梓沙が姿を現わした。

「梓沙さん⁉」

周梓萱――日本名・梓沙だった。

梓沙は、前髪も後ろ髪も顎のラインに切り揃えたストレートヘアに、卵型の小さな顔、鼻筋は通っていて小鼻が小さく、唇はふっくらとしていて目は切れ長。

欧米人は彼女を絶世の美女と讃えているのだが、たしかに欧米で受けそうな容姿だ。

梓沙は、深紅のドレスに、ルビーのネックレスという、赤で統一したファッションだった。

会場の雰囲気や高宮の目など、彼女の中には微塵も存在しないのだろう。

誰にも媚《こ》びず、自分の似合うスタイルを貫き、堂々としている彼女の姿に、イーリンは眩しさを感じた。

「驚いた。梓沙さん、どうしてここに？」

どうしてって、と梓沙は、一歩前に出てイーリンの顔を覗く。

「私は、これまであなたに何度も『華』のアクセサリーをアピールしたわよね。でも、あなたはいつも『素敵ね』って言うだけでスルーだった。それなのに、そんなあなたからいきなり連絡が来て、『どうしても高宮氏のパーティに着けていきたいから、星のネックレスが欲しいの』なんて言ってきたのよ。どんなパーティなのか気になって当然じゃない？」

だから、と梓沙は清貴を横目で見る。

「清貴は絶対に知っているだろうと思って訊いてみたのよ。で、私も出席したいってお願いしたの」

話を振られた清貴は、何も言わず口角を上げる。

梓沙は、にっと笑って、葵の腕を組んだ。

「やっぱり来て良かったわ。おかげでこんなに可愛い葵を見ることができた。ねっ、葵、チュッてしてもいいかしら？　心配しないで、友達同士の再会を喜ぶキスよ」

「ああ、申し訳ありませんが、僕の婚約者から離れていただけませんか？」

清貴はずいっと二人を引き離すように間に立つ。

「いやね。友達同士、再会を喜ぶキスだって言ってるのに、そんなことまで口出ししてくる彼氏なんて、葵は息が詰まってしまいそう」

「あなたのキスよりも、息は詰まらないかと」

「あら、自分は窒息しそうなキスをしてるんじゃないかしら？」

「ご想像にお任せします」

清貴は不敵に微笑み、梓沙は頬を膨らませ、葵は、まあまあ、と手を広げた。

「梓沙さん、私も再会できて嬉しいです。でも、キスは恥ずかしいので、ハグをしましょう」

「きゃあん、葵、嬉しいわ」

と、梓沙はギュッと葵に抱き着き、清貴の方を見て、べえ、と舌を出した。

「……なんだか、彼女と比べたら、円生の方がマシという気がしてきました。滅多にない葵さんからの『おいで』をしてもらえるなんて羨ましすぎます」

露骨に顔をしかめる清貴を見て、イーリンは小さく笑った。

相変わらず、この二人は仲が良いのか悪いのか……。

その時、ホールに高宮が姿を現わした。

「皆さん、今日はお集まりいただき、ありがとうございます」

と、にこやかに挨拶をしている。

イーリンは居住まいを正す。

今日のミッションは、彼が珍しい宝石を所有しているかどうかの確認をすることだ。

おそらく、その珍しい宝石は、サンドロップだと予想を立てている。

イーリンにそのチャンスがなければ、清貴が訊くことになっている。

「やあ、清貴くん」

と、高宮が、清貴の姿を見付けて、歩み寄る。

「このたびは、いろいろと手伝ってくれて本当にありがとう」

清貴は彼の方を向いて、いえいえ、と首を横に振る。

「僕は何も。今宵は素晴らしいパーティを開催してくださり、ありがとうございます。こちらの花はセーヴルの花瓶に飾っていただけたら」

と、清貴は、高宮に薔薇の花束を手渡した。

「これはこれは、ありがとう」

高宮は花束を受け取って、イーリンに視線を移す。

「皆さんもありがとうございます。イーリンさんは、まるで月の女神のようですね」

その言葉にイーリンは胸を熱くさせながら、ありがとうございます、と会釈した。

高宮は次に葵を見て、おお、と目尻を下げる。

「葵さんは中秋の名月に合わせてのコーディネートでしょうか。素敵ですね。うさぎの根付も可愛らしい。陶器ですね？」

ありがとうございます、と葵は根付に目を落とす。

「はい、この根付は陶器なんですが、実は自分で作ったものなんです」

えっ、と驚きの声を上げたのは、高宮ではなく清貴だった。

高宮は、そうですか、と感心したように目を見開く。

「ご自分でとは、驚きました」

「最近、陶芸を始めまして、根付もチャレンジしてみたくなったんですよ。拙いですが、自分で作ると愛着が湧きますね」

「根付は『味』ですから、それが一番ですよ」

高宮と葵がそう話している横で、清貴が真剣に根付を凝視している。

「この根付を葵さんが……。ころんと丸いフォルム、つぶらな瞳、とても可愛らしいですね。素晴らしいです」

いえいえ、と葵は弱ったように首を横に振る。

「本当はジャンプしている姿にしたかったんですが、上手くできなかったので丸まった形になったんですよ。近くだと粗がすごいのが分かるので、そんなに見ないでください」

「ああ、隠さないでください」

そんな二人のやりとりを見て、高宮の背後にいた女性たちが、きゃあきゃあと黄色い声を上げていた。

「清貴くん、こちらはいつもお世話になっているご婦人たちでしてね。実は君のファンだと言うんですよ」

そう言った高宮に清貴は居住まいを正して、それは光栄ですね、と会釈をする。

「それで、彼女たちがぜひ、君の写真を撮りたいと言っているんです。お願いしても良いでしょうか?」

清貴は一瞬、動きを止めたが、すぐにいつもの微笑みを見せた。

「僕でよろしければ、喜んで」

その言葉に女性たちは、パッと顔を明るくさせる。

「それじゃあ、清貴さん、あの長ソファに横たわるように座ってくださらない?」

「せっかくだから、薔薇の花束を膝の上に。そして、頬杖をついて」

と、清貴の撮影会がスタートした。

彼女たちはセンスがあるようで、ソファにもたれかかるように座り、頬杖をつき、薔薇の花を膝に載せている清貴の姿は、ぞくりとするほどに色気があった。

梓沙が、くっ、と下唇を噛《か》む。

「悔しいけど、清貴は見栄えだけは良いのよね。私も写真撮ってこよう」

と、スマホを手に、撮影をしている彼女たちの隣に立った。

「清貴さん、婚約されているんですってね。おめでとうございます。お祝いに私と踊ってくださらない？」

「おめでとうございます、次は私と」

「あら、それじゃあ、清貴、私とも踊ってほしいわ」

撮影が済むと、女性たちは口々にそう言った。ついでに梓沙もだ。

すごい、とイーリンは洩らす。

「『僕には婚約者がいますので』という断り文句を封じての誘い方をしてる……」

本当ですね、と葵は愉しげに笑う。

「葵さんは、嫌じゃないの？」

「他の方とダンスするくらい平気です。私はダンスができないので、観てみたい気もしますし」

「そんなものかしら？」

「イーリンさんは、ダンスできますか？」

「ええ、一応」

「それじゃあ、この流れはチャンスかもしれません。高宮さんをダンスに誘ってみてはどうでしょう」

葵の提案に、イーリンは目を見開いた。

ダンスをしている間は二人きりで、話すことができる。

「たしかに、それは名案ね」

でしょう、と葵は即座に清貴の許へと向かい、

「ホームズさん、ぜひ、皆さんと踊ってください」

と、明るい笑顔で告げた。

「婚約者さんからの了承が得られたわ」

と、周囲の女性たちは歓喜の声を上げ、清貴は額に手を当てる。

だが、すぐに意図に気付いたようで、

「では、少しだけ」

と、清貴は彼女たちに向かって口角を上げた。

きゃあ、と喜びの声が上がるとともに、清貴はゲストの女性たちと広いスペースで踊り始める。

それを見て楽団が目配せをしてワルツを奏で始め、他にも「では、私たちも」と踊る者が現われた。

スタッフたちがテーブルを端に動かして、さらにスペースを広げた。

「これはまるで、ヨーロッパのパーティのようですねぇ」

と、高宮が嬉しそうに目を細めている。

イーリンはごくりと息を呑んで、高宮の許に歩み寄った。

「あの、高宮さん、どうか私と踊っていただけませんか？」

「おお、これは喜んで」

そういえば、自分が彼に質問した時、清貴に観察してもらう必要があったのだ。

土壇場で大事なことを思い出したイーリンは、慌てて清貴の方を見る。

清貴は、今、梓沙とダンスをしていた。

イーリンの視線に気付いた清貴は、大丈夫です、というように小さく会釈をし、ダンスをしながらイーリンの方へと移動してきた。

「私とも踊ってくれるなんて、何か企んでいない？」

「いえいえ、そんなことは」

そんな会話が聴こえてきて、イーリンの頬が思わず緩む。

イーリンと高宮は手を取り合って、踊りだす。

高宮のダンスはスローだが、しっかりステップを踏めていた。

「高宮さん、お上手なんですね」

「いやはや、昔取った杵柄《きねづか》です。若い頃は世界各国を回っていたものでして。向こうの社交界ではダンスくらいできないと、相手にしてもらえなかったんですよ」

分かります、とイーリンは笑う。アジアにいる分にはダンスができなくても問題ないが、ヨーロッパの社交界に出た時は、ダンスは必須だ。

「世界を飛び回っていたのは、お仕事で？」

「ええ、貿易の仕事を主に……ついでに美術館を回るなど、長い間仕事が趣味でした」

「高宮さんは、主に何がお好きなんですか？」

そうですねぇ、と高宮は鷹揚に答える。

「わたしはやはり、絵画でしょうか。絵描きになりたかったので……」

そうなんですね、とイーリンは相槌をうつ。

ドキドキと心臓が音を立てる。

「宝石は、どうでしょう？」

「宝石ですか。美しいと思うのですが、欲しいとまでならないんですよね」

「では、高宮さんは、宝石を持っていたりはしないのでしょうか？」

「多少は持っていますが、それほど多くはありませんよ」

「その中にたとえば、とても珍しい宝石があったりしませんか？」

イーリンは、なるべくさらりと訊いたつもりだった。

だが、その瞬間、高宮の顔から表情がなくなったのが分かった。

それは一瞬のことであり、すぐにいつもの好々爺に戻る。

「いいえ、持っていませんよ」

「そう、ですか……」

イーリンにも分かった。

高宮は、珍しい宝石を所有している。そして、それを隠している。

イーリンが何も言えずにいると、高宮が窺うような声を出す。

「どうして、そんなことを？」

「あ、ええと……珍しい宝石に興味がありまして」

「珍しい宝石というと？」

高宮は心なしか、やや低い声で訊ねた。

試されている気がして、イーリンの額に冷たい汗が滲む。

ここは、正直に言った方が良いだろう。

「たとえば、サンドロップとか……」

イーリンがそう言うと、高宮は拍子抜けしたように目を瞬かせた。

「サンドロップですか。たしか、アイリー・ヤンさんが所有している？」

はい、とイーリンはうなずき、小声で耳打ちした。

「ここだけの話にしていただきたいのですが、手放したという噂を聞きまして」

そう言うと、高宮は納得した様子を見せる。

「そうでしたか。それはたしかに、あまり大きい声で言わない方が良いでしょうね。彼女の会社の株価に関わりそうです」

「私もそう思います」

「それで、そのサンドロップをわたしが持っていると思ったのですね？」

「あ、はい」

「あれは、明るい太陽のように美しい宝石ですが、わたしは所有したいと思いませんし、サンドロップもわたしを選ばないでしょう」

「選ばない？」

「石は持ち主を選ぶものです。もし本当にサンドロップがアイリーさんの許を離れたのだとしたら、サンドロップは、新たな所有者を求めたのでしょう。そしてアイリーさんには、今の彼女に相応しい新たな石がやってくるのではないでしょうか」

その言葉には重みがあった。イーリンは何も返すことができず、相槌をうつ。

そうして、ダンスを終えた。終わった瞬間、イーリンは緊張の糸が切れてしゃがみこみそうになったが、それを耐える。

ちょうど清貴も梓沙とのダンスを終えたところで、壁際で待っていた葵の許へと戻った。

「イーリンさん、お疲れ様でした。高宮さんとのダンス、素敵でした」

葵が、拍手で出迎えると、清貴と梓沙が前のめりになった。

「葵さん、僕もがんばりました」

「私のダンスは、どうだったかしら？」

「お二人ともとっても素敵でした。そして、ホームズさん、お疲れ様でした」

よしよし、とでもするように、葵は清貴の腕を摩《さす》る。

清貴は嬉しそうに、そして得意げに梓沙に一瞥をくれた後、イーリンに視線を移した。

「例の件ですが、彼は間違いなく『珍しい宝石』を持っていますね。しかし、それはサンドロップではない」

「やっぱり、そうよね……」

と、イーリンはうなずく。その横で葵が小首を傾げた。

「もしかしたら、そもそもイーリンさんのお父様が気になっている『珍しい宝石』は、サンドロップじゃない……？」

そんな話をしていると、梓沙が気まずそうに、あのね、と小声で話す。

「そのサンドロップだけど……実は今、私が持っているのよ」

ええっ、と葵とイーリンが声を上げ、梓沙は、しっ、と口の前に人差し指を立てる。

「ここだけの話よ。私はずっとサンドロップが欲しくて時間をかけてアイリーを説得していたの。アイリー自身も、『サンドロップは、今の私とはイメージが違ってきているから、手放してもいいのよね』と言ってくれていたんだけど、手放すとおおごとになりそうで、できないって話していたの」

それで、と梓沙は話を続ける。

「今度、うちの会社と彼女の化粧品会社がコラボすることになってね。その公式発表の時に、『私が頼み込んで、サンドロップを譲ってもらいました』と、世間に伝えるつもりだったのよ」

そういうことだったのね、とイーリンは納得した。

石は持ち主を選ぶ、と高宮が言っていた。

サンドロップは、自らのオーナーをアイリーから、梓沙に変えたのかもしれない。

「そういえば梓沙さん、宝石が好きでしたよね……」

葵が思い出したように言うと、梓沙は胸を張った。

「ええ、大好きよ。宝石のことならなんでも訊いてちょうだい」

では、と清貴が早速訊ねる。

「僕も宝石はさほど詳しくないので、お伺いしたいのですが、そもそも『珍しい宝石』とはなんでしょうか？」

そうね、と梓沙は腕を組む。

「一般的な話になるけど、アレキサンドライト、パライバトルマリン、パパラチアサファイヤ、これが世界三大希少石よ」

葵が、へぇ、と洩らす。

「初めて聞く名前ばかりです。どんな宝石なんですか？」

「アレキサンドライトは、ロシアのエメラルド鉱山で発見された青緑色の石で、発見当初は、エメラルドと思われていたんですって」

ロシア皇帝にも献上された石で、ロシアでは大変な人気だったという。

パライバトルマリンは、近年ブラジルで発見された石であり、まるでネオンや電気のように明るいブルーの宝石だと、梓沙は話す。

「パライバトルマリンのブルーは種類があって、ウィンデックスブルー、ネオンピーコックブルー、ターコイズブルー、トワイライトブルーといろいろよ。人気があるのはウィンデックスブルーね」

梓沙は、さらに話を続ける。

「パパラチアサファイヤは、蓮の花に似ていると言われているの。ピンクとオレンジが混ざり合っていて、美しくて可愛らしく、そして癒しや慈愛を感じられる宝石よ。私の中では、葵のイメージね。清貴、葵への婚約指輪にどうかしら」

「ぜひ、見てみたいです」

即座に答えた清貴に、葵が、いやいや、と首を横に振った。

「指輪は過去にもらっていますから」

「もう、葵ったら一生に一度の記念なんだから、そうやってすぐ遠慮しちゃ駄目よ」

と、梓沙に言われるも、葵は何も答えずに眉尻を下げる。

葵が困っているのを察した清貴は、すぐに話題を変えた。

「では、あなたが思う珍しい宝石はなんでしょうか」

梓沙は、うーん、と唸る。

「あの有名なホープ・ダイヤにサラスバティやオルロフとか……ああ、レッド・ダイヤモンドかしら。世界に三十個しかないと言われているのよ」

そんな話をしていると、会場にざわめきが起こった。

入口の方に目を向けると、円生がそこにいた。

Tシャツにジーンズというまるで嫌がらせのような出で立ちだったが、高宮は目尻を下げて、彼の許へ歩み寄った。

「これはこれは、よく来てくださいました、先生」

「先生て」

高宮が声を掛けたのが合図となって、四方八方から人がやってきて円生を取り囲む。

「『今都』、素晴らしいです」

「どうやったら、あのような惹き込まれる作品を描けるのでしょう」

先ほどまで清貴に、きゃあきゃあと群がっていた女性たちは、

「うそ、『今都』の画家って、こんなに素敵な方だったの？」

「一緒に写真を撮っていただけないかしら」

と、今度は円生に詰め寄っていた。

あらあら、と梓沙は口に手を当てる。

「いきなり主役の座を取られちゃったわねぇ、清貴。ちやほやの対象が彼に変わって、ジェラシーかしら？」

「いえいえ、ありがたい限りですよ。僕がちやほやされたいのは葵さんだけなので」

「あらそう」

少しの間、人に囲まれて不本意ながらも対応していた円生だったが、清貴の姿を見付けたようで、人をかき分けてこちらに向かって歩いてきた。

こちらに向かってくる円生にイーリンはドキドキしていたが、彼の瞳には清貴の姿しか映っていないようだ。

彼はイーリンの前を素通りして、清貴の前で足を止める。

「話があるんや」

そう言うと円生は、顎で外に出るよう示す。

清貴は、分かりました、と答えて、円生とともにテラスから庭に出ていく。

イーリンはごくりと喉を鳴らして、二人の背中を見送った。

中秋の名月の光が、庭に出た二人の影を作っていた。

第三章　言の葉の裏側

1

『今都』のお披露目パーティの受付がスタートした時分、小松はいつものように事務所のデスクで仕事をしていた。

仕事といっても探偵業ではなく、プログラミングの副業だ。

今やこれが生活を支えているので、もはや副業とは言えないのだが、自分はあくまで探偵だと小松は自負している。

集中して作業し、一息ついて顔を上げる。円生が自分のデスクにつき、レトロなシューティングゲームをしているのが目に入った。

「そんな、単純なゲーム、楽しいか？」

小松がぽつりと訊ねると、円生は頰杖をついた状態で、気だるげに答えた。

「単純やから、ええねん」

「ま、そういう時もあるよな」

「そういやあんた、ゲームとか作れへんの？」

「……今、ゲームのプログラムを打ち込んでるんだけどな」

小松がぶすっとして答えると、円生は顔を上げた。

「あっ、そうなんや。ほんなら自分で作ったらええのに。作れるんやろ？」

それは、家でも妻や娘に言われることだ。

「作れるっちゃ作れるけど、『売れる』ゲームを作るのは無理だな。あれはもうプログラマーじゃなくて、クリエイターの仕事だよ」

そんな他愛もない話をしながら、小松は体を伸ばして時計に目を向ける。

十九時三十五分。

「あー、もう、パーティ始まってるんだな……」

小松は少し残念そうに言う。

一応自分も招待メールを受け取っていたし、清貴に頼まれて手伝いもした。

「なんや、おっさん、行きたかったん？」

「そりゃ、美味《うま》い物にありつけるかもしれないし、気分転換にもなるかなって。でも、こんな時間になってるなら、もういいかな。円生は行かないのか？」

小松の問いかけに、円生は微かに肩をすくめただけで何も言わなかった。

「まぁ、ああいう場は、むず痒《がゆ》いよな」

ははっ、と小松は笑って、禁煙用のパイプを口に咥えた。

「おっさん、禁煙してるんや？」

「そこそこにな。口が寂しくなるごとに外に出て煙草吸ってたら、効率が悪いんだよ」

「そらそやな」

「それに、妻と娘から再三やめろって言われてるから、緩やかに禁煙中だ。喫煙者には住みにくい世の中だよ。そういや、円生、煙草は？」

「前は吸うてたこともあるんやけど、いつの間にかやめてた」

えっ、と小松は目を瞬かせる。

「そんなスルッとやめられるもんなのか？」

「俺は依存するほど吸うてへんし。そもそも、絵を描き始めたら、飲まず食わずや。煙草どころやあらへん」

小松は、へえ、と感嘆の息をつく。

「まるで命を削って描いているみたいだな」

「そないなつもりはあらへんのやけどな」

「『今都』も飲まず食わずで描いたのか？」

そう問うと円生は、いや、と遠くを見るような目をした。

「あん時は普通に飯食って飲んで、休憩しながら割とのんびり描いてたな」

あー、と小松は納得の声を上げた。

「だから、『今都』はなんか違ったんだな」

うん？　と円生が顔を上げた。

「なんて言うんだろうな。これまでの作品――『曼荼羅』とか『長安《ちょうあん》』は寺院とかに飾られていそうな雰囲気で、『今都』はみんなが観られる美術館にある絵って感じがしたんだよな。どっちが良いかは好みなんだろうけど、俺は『今都』、好きだな。絵とかよく分からない俺でも、おまえの絵はいいなぁって思うよ」

円生は、弱ったように目をそらす。

どうやら、円生は褒められるのが苦手なようだ。

もしかしたら、円生がパーティに参加しないのは、目の前で自分の作品を褒められると居たたまれない気持ちになるのかもしれない。

そう思うと可笑しくなり、小松は口許が緩むのをこらえて、話題を変えた。

「そうそう、高宮さんの件は驚いたよなぁ。まさか、ご家族を事故で亡くしていたなんて

「……」

「ってか、知らんかったんやな。結構、今さらの話やで」

「そもそも高宮さんに興味あったわけじゃないしな。でも、その話から興味を持って調べてみたら、高宮さんには息子一人しかいなかったんだな」

せやな、と円生が相槌をうつ。

「で、俺はその高宮さんの息子がどういう人物か気になって調べてみたんだ。もちろん、法に触れない範囲でだぞ」

と、小松は念を押したが、円生にとってはそんなことはどうでも良いようだ。

続きを早く言え、という目でこちらを見ている。

小松は気を取り直すようにして、話を続ける。

「息子の名前は、高宮忠弥《ただや》。大企業の社長令嬢と結婚して、娘を一人授かって、高宮さんの会社の取締役を務めて……と、まぁ、順風満帆だったが、家族で旅行に出かける途中、交通事故に遭い他界。享年三十歳」

「そないにはよ亡くなるって、順風満帆すぎたんやろか」

独り言のように洩らす円生に、そうだよなぁ、と小松は相槌をうつ。

「ただ、この息子、一筋縄ではいかない男だったようだ」

うん？　と円生はこちらに顔を向ける。

「元々、俺が息子に興味を示したのは、高宮さんには息子が一人しかいないのに、『一人だけ生き残った孫がいる』ってのは、一体どういうことだよ？　と思ったのがきっかけなんだ」

たしかにそうやな、と円生は腕を組む。

「その生き残った孫は、息子の愛人の子どもだったんだよ。相手は高級クラブのホステスだとか」

円生は、はっ、と鼻で嗤った。

「金持ちのボンボンが、外に女作ってたんやな」

そういうことだな、と小松は苦笑する。

「高宮さんは良い人そうだけど、息子はもしかしたらクセモノだったんじゃねぇかと思ってさらに調べてみたら、息子、高宮忠弥は父親の会社の取締役とは名ばかりで、裏で小遣い稼ぎに懸命だったようだ」

「小遣い稼ぎ？」

「宝石のバイヤーもやってたんだ。時に盗品も扱って問題になったりと、グレーゾーンで荒稼ぎをしていたそうだ。事故に遭った時も、家族旅行って話だっただろ？　あれは、イタリア行きの飛行機に乗るために空港に向かっている途中でのことだったんだけど、忠弥は仕事も兼ねての渡航で、家族がそれに便乗したらしい。だから、忠弥だけファーストクラスで家族はビジネスだったんだってよ。家族と離れて、自分だけファーストクラスって。これだけで家族仲が窺い知れるよな」

せやな、と円生は相槌をうつ。

小松は、でな、と前のめりになる。

「ほら、あんちゃんたち、珍しい宝石がどうのって言ってただろ。もしかしたら息子が関係してるのかもしれないって思ったんだよ。高宮さんに宝石について訊くときは気を付けた方がいいんじゃねぇかなぁ、てな」

「ほんで、伝えたん？」

いやぁ、と小松は頭を掻いた。

「それが、こっちの仕事で忙しくてうっかりしてたんだ。まぁ、あんちゃんのことだから、失礼をすることはないだろ」

円生はしばし黙り込み、そっと口を開いた。

「……今からでも伝えたらどうや」

「あっ、そうか？」

「あの男がじいさんから聞き出すんやったら、問題ないんやけど、イーリンやったら下手こきそうや」

「そっか、それはそうだな」

と、小松はスマホを出して、清貴に電話を掛ける。

だが、清貴は電話に出ない。

「出ないな……ダンスでもしてるのか?」

小松がぼそっと言うと、円生は噴き出した。

「ダンスて。そういうパーティとちゃうやろ」

だよな、と小松は笑う。

「とりあえず、メッセージだけ送っておくか……」

と、小松が清貴にメッセージを送ろうとすると、円生は立ち上がった。

「ま、ええわ。俺もあいつに訊きたいことがあるし――」

＊

自分の作品のお披露目パーティだ。

しょうもな、とは思うが、気にならないわけがない。パーティはどうでも良いが、絵を観た人間がどんな表情をするかは、興味があった。

結局のところ、何か一つでも行く理由が欲しかっただけなのかもしれない。

「我ながら、めんどくさ」

円生はパーティ会場である高宮邸のホールに向かって歩きながら、自嘲気味に笑う。

大きく開かれた扉から、ワルツが流れている。

「……ここまで本格的なパーティやったん？」

ふと、『ダンスでもしてるのか？』と言った小松の言葉が頭を過る。

まさか、と円生は半笑いで肩をすくめる。

絵画のお披露目会で、ダンスなどありえないだろう。

円生は大きく開かれた扉から中を確認し、あんぐりと口を開けた。

清貴がダンスをしていたのだ。

「マジか……」

ダンスをしているのは清貴だけではない。何組か見受けられたが、まるでスポットライトが当てられているかのように、清貴は目立っていた。

しかも相手は葵ではなく、香港の生意気令嬢だ。

「どういうことやねん。あいつ、頭沸いとんのとちゃうか」

呆然としていた円生だが、イーリンが高宮をダンスに誘う様子を見て、

「あ、そういうことなんやな」

と、納得しかけるも、やはりおかしい、と首を捻る。

わざわざダンスを持ち出さなくても、高宮と話す機会などいくらでもあるだろう。

しかし、こうなってしまえば、もう忠告は遅い。

イーリンは、高宮に宝石のことを訊くだろう。

円生は遠目に、イーリンと高宮の様子を確認する。

清貴もダンスをしながら高宮を観察しているのが、円生には分かった。

イーリンが、宝石のことを聞いたようで、それまでにこやかだった高宮の顔から、一瞬表情がなくなった。

だが、すぐにいつもの高宮に戻っている。

「……なんや、ビンゴか」

と、円生は囁く。

高宮は、本当に『珍しい宝石』を所有していたようだ。

忠告は間に合わなかったということだ。

だが、自分は清貴に訊きたいことがあった。

ダンスが終わったところを見計らって、円生はホールの中に足を踏み入れる。

すると、すぐに高宮に見付かった。

「これはこれは、よく来てくださいました、先生」

「先生て」

その後、招待客に囲まれた。

やはり、こういう場所は苦手だ、とあらためて思う。

皆は手放しで褒めてくれたが、もし、あの絵を高宮が買っておらず、さらに香港の美術館に展示されていなかったとしても、皆は同じような反応をしたのだろうか？

そんな捻くれた思いに支配されるのだ。

邪険にしそうになったが、『天狗ですか？』という清貴の言葉が脳裏を過り、当たり障りなくあしらいながら、ホールを見回す。

清貴は、壁際にいて、葵、イーリン、梓沙とともに愉しげに語らっていた。

自分が来たことなど、気にも留めていないのだろうか？

そう思うとむしゃくしゃし、円生は大股で清貴に歩み寄る。

「話があるんや」

と、円生が顎を使って、外に出るよう示すと、清貴は、やれやれ、という様子でうなずいた。

2

藍色の空に浮かぶ名月が、高宮邸の庭園を照らしている。手入れされた芝生のふかふかと柔らかい感触が、靴を履いていても伝わってきた。

「昼間はまだ残暑を引きずっていますが、さすがにこの時間になったら涼しいですね。半袖は肌寒くないですか？」

清貴は長めの前髪を風にそよがせながら、少し可笑しそうに言う。

言われてみれば、吹き抜ける風は秋のものだ。

「別に、九月は俺ん中でまだ夏や」

「またそんなことを。上着を貸しましょうか？」

ジャケットを脱ごうとする清貴に、いらん、と円生は強めに返す。

清貴は、ふっ、と笑って、円生を見た。

「まさか来てくださるとは思いませんでした」

「来てくださるて。あんたが主催者とちゃうやろ」

「仕掛け人の一人なので」

と、清貴は悪びれずに言う。

「あんたに訊きたかったんや。なんで俺が『天狗』なんや」

清貴は、ぱちりと目を瞬かせる。

「おや、あの言葉がそんなに引っかかっていましたか？」

そらそうや、と円生は強く答えた。

「俺は前と変わらへん。絵が売れたて事実が差し込まれただけや。せやのに、『天狗』なんて言われたら、かなわんわ」

円生が思わずムキになって言うと、清貴は愉快そうに口許を緩ませる。

「何が可笑しいねん」

「いえ、あなたは、常々富裕層に嫌悪感を抱いている。そして、『天狗』という言葉にも過剰反応を示した。おそらく『富裕層』も『天狗』もあなたにとって同じ位置にあるのだろうと」

はっ？　と円生が顔をしかめた。

「同じやあらへんし」

そう反論したが、金持ちも天狗も自分の中で同じ『鼻持ちならない奴』という括りであると気付き、円生は苦虫を噛み潰したような気持ちになる。

「大体、誰かて『天狗』なんて言われたら嫌やろ」

「そうでしょうか？　もし僕があの絵を描いたとして、誰かに『天狗になっている』と言われたら、『嫉妬ですか？』と鼻で嗤えますが」

「何を言うてるんや。ほんなら、あん時の言葉は嫉妬からなん？」

「そういう感情がないと言えば嘘になりますが、素直に思ったことです」

「せやから、俺は前と変わってへん」

「態度に大きな差はありませんが、問題はここ」

と、清貴は人差し指を立てて、それを円生の胸に当てた。

「あなたの内面です。今のあなたから驕りが伝わってくるからです」

「驕り？」

「はい。『どうせ自分が絵を描けば、それがどんな作品であろうと金持ちたちが喜んで買いたがるだろう』と思っていますよね？」

そう言って顔を覗き込まれ、円生は言葉を失った。

「あなたが思う以上に、あなたの作品には内面が投影されています。『曼荼羅』と『長安』

は、父親である蘆屋大成になりきらなければならないので、無に徹して描いたのでしょう。その極限の状況が迫力として伝わってくる。僕に贈ってくださった『蘇州』からは、これから自由だという喜びが満ちていて、『夜の豫園』には『憧れ』が投影されていました」

清貴は、誰とは言わなかったが、葵への憧れだ。

「そして、『今都』はあなたが体感した京都での生活が描かれていました。あの絵を観て、小松さんは泣いたんですよ」

——そっか、あいつ……祇園での生活、結構楽しかったんだな。

清貴は、小松の言葉を伝えたうえで、口の端を上げた。

「意外なようですが、彼はなかなか感受性が鋭いようですね」

それは円生も感じていたことであり、何も言わずに相槌をうつ。

「そして、葵さんもこう仰っていましたよ」

その言葉に円生の肩がピクリと震えた。

——円生さんの作品って、とても惹き込まれるんですよね。観ていると自分も絵の中に入ってしまうような感覚に襲われる。それでいて、人を寄せ付けない研ぎ澄まされたものも感じるんです。こちらは絵に入り込んでしまうのに、そこに留まるのは許してもらえないというか……。

——今度の作品は、良い意味でその尖った感じがなくなっているように思いました。『この絵の中に入りたいなら、どうぞご自由に』という余裕のようなものが感じられたというか……。これが、今の円生さんから見た『京都』なんだと思うと嬉しくなりました。

清貴は、そんな葵の言葉をすべて伝えたうえで、円生を見やる。

「そんなあなたが、驕ったまま作品を描いたらどうなるか、想像に難くないでしょう」

すべてが図星であり、円生は奥歯を噛みしめる。

だが、疑問も残った。

「それとパーティ、どないな関係があるんや」

「僕が言いたかったことは、三つあります」

と、清貴は三本指を出す。

「一つ目は、今伝えたようにあなたから驕りが感じられるということ。二つ目は、そもそも『以前と同じで良いのでしょうか？』ということです」

「どういうことや」

「あなたが、『今都』を高宮さん——一番高い値をつけた人に売ったのには自分の中で大きな変化があったから。やりたいことができたのだと、僕は思っています」

清貴の言う通りだった。自分と一緒に悪事を働いていた仲間たちは、今も底辺を這いつくばるように生きている。

自分がそこからなんとか抜け出せたのは、認めたくないが清貴のおかげだ。

底辺にいる者を引っ張り上げるのは、そう簡単なことではない。

何より金が必要だった。それも、半端な額ではない金だ。

「今は、絵が高額で売れて、ふわふわした気持ちでいるでしょう。これで安泰などと思っているかもしれません。ですが、これから何か始めようというならば、一億そこそこの金など、すぐになくなりますよ」

「一億そこそこて、ほんまボンボンやな」

「そうでしょうか。たとえば、三条大橋の老朽化が進み、補修工事をしたのですが、その費用はザッと四億円でした。あなたの全財産をもってしても三条大橋の補修すらできないのです。一億というお金は個人としては大きな財産ですが、世の中を動かすには微々たるものです。『今都』で得たお金だけで何かをしようとしても、中途半端に終わってしまう可能性がある」

それは妙な説得力があり、円生は言葉が出なかった。

「今回の成功はあくまで足掛かり。あなたはさらに成功していく必要がある。この波に乗って、本格的に『大金を稼ぐアーティスト』になってください」

「大金を稼ぐアーティストて」

と、円生は頬を引きつらせた。

「また嫌悪感を抱きましたか？　あなたは本当にお金の話を持ち出すと拒否反応を起こしますね。そんなにお金が嫌いですか？」

「そないなわけあるか。金は好きや」

いいえ、と清貴は首を横に振る。

「認めたくありませんが、僕とあなたには似たところがあります。が、決定的な違いもある。それはお金に関する感情でしょう。僕は、お金が好きなことに一点の曇りもありません」

はっ？　と円生が微かにのけ反る。

「今、一瞬引いたでしょう？　それはあなたにとって抵抗がある言葉だからです。何度でも言います。僕は純粋にお金が大好きです。自分が心地良くいられるために、良い経験ができるために、誰かを救うために、大切な人を護るために必要なもので、かけがえのないものだと心から思っています」

ですので、と清貴は続ける。

「僕は『清貧が美徳』なんて、露ほども思いません」

迷いなく言い切る清貴に、円生は、自分が少し気圧されているのが分かった。

「実のところ、あなたのような方に逆にお訊きしたいです。なぜ、お金に嫌悪感を抱くのでしょう？　あなたがお金を嫌っている理由はなんですか？」

せやから別に、と円生は口ごもる。

「金持ちが好かんだけで、金は好きやし」

「では、なぜ、お金持ちが好きではない、もっと言うとムカつくのですか？」

「いけ好かない奴等ばかりやねん」

「それは人にもよるでしょう。柳原《やなぎはら》先生の許で修業をしていた時、たくさんの富裕層と関わったと思います。皆が皆、いけ好かなかったのでしょうか？　『金持ち』という、大体のイメージで腹を立てているのではないですか？」

何も言わずにいる円生の様子を確認してから、清貴は話を続けた。

「では、なぜ、腹が立つのか。それは自分が持っていないから悔しいのですよね？」

せやな、と円生は洩らす。

「おかしいですよね。持っている者に悔しさを感じているのに、『お金が好き』という言葉には過剰反応を示す。あなたは、お金を欲していながら、お金を拒否している。僕はそれがとても問題だと思っています。それでは今後、どんなに稼いでも、手許に残らないでしょう。これまでも、お金が入るたびに落ち着かない気持ちになって散財してきたのではないでしょうか?」

円生は反論できず、黙り込んだ。

「まず、意識の改革を行って、ちゃんとお金を好きになってください。お金は善人も悪人も選ばず、ストレートに自分を好きだと言ってくれる者の許にしかきません」

清貴の言葉を聞き、反発する反面、納得もしていた。

常に人のために骨を折り、謙虚にしている者が貧しく、図々しい者が金持ちだったりするのは、そのためなのかもしれない。

「……ほんで、最後はなんや」

清貴は、伝えたいことが三つあると言っていて、まだ二つしか聞いていない。

「三つ目は、これまでの話を踏まえたうえで、自分の作品にあれほどの高値をつけてくださった方に、もう少し敬意を持っても良いのではということです」

いいですか、と清貴は続ける。

「すべてのチャンスは、人を通してやってきます。そのために僕はあなたに多くの人に会ってほしいと思っています。もちろん、嫌な人に会う必要はありません。ですが、今後も活躍し、なおかつ何かを始めたいと思うのならば、自分の作品を愛してくれる人が集まる場に、顔を出すくらいはしても良いのではないかと思うのです。あなたが思う以上に、この世は人の縁で回っているものですよ」

清貴が、自分を思って苦言を呈しているのが伝わってきた。

円生はしばし黙り込み、自嘲気味に笑う。

「随分、親身になってくれるんやな。前に、俺のエージェントにって言うてたけど、まだその気になってたりするんや？　ほんで俺を使《つこ》うて荒稼ぎしようて魂胆か」

円生はそう言ってから、口にしたことを後悔した。

自分を引っ張り上げた第一人者に対して、あまりな言い分である。しかし、常々、どうせ、自分を利用するつもりなのだろう、という考えから抜け切れていなかった。

清貴は、ぱちりと目を瞬かせ、その後に小さく笑った。

「おや、そのことをまだ心に留めておいてくださったんですね。僕はとっくに振られたと思っていましたよ」

「振られたて」

「あなたのような方には、僕らの気持ちなど、きっと分からないでしょうね」

「『あなたのような方』って、どんな方やねん」

清貴はホールを振り返って、眩しそうに目を細める。

「『今都』のような絵を描ける方ですよ」

まぁ、いいです、と清貴は肩をすくめて、円生を見やる。

「あなたの仰る通り、僕には大きな下心があります」

「下心?」

「ええ。僕はあなたのエージェントになって、悠々自適に左団扇の生活をしたい。それには、あなたに何億も稼ぐアーティストになってもらう必要がある。そのために僕はあの手この手を尽くしてサポートしているんです」

こう言えば安心ですか? とでも言うような視線を向けた清貴に、円生は決まりの悪さを感じて、目をそらした。

何も言えずにいると、清貴は、くっくと笑う。

「そんな申し訳なさそうな顔をされなくても大丈夫です。今の言葉にはしっかり本音も入っていますから」

なっ、と円生が弾かれたように顔を上げた時、清貴はジャケットを脱いで、円生の肩にかけた。

「Tシャツのままでもアーティストっぽくて良いですが、今の季節ではやはり肌寒そうです。これを羽織っているだけで、それなりに見えますよ」

*

イーリンは葵とともに、物陰から清貴と円生の様子を窺っていた。

葵が、『また胸倉つかみ合いの喧嘩になるかもしれないから、その時は止めに入らないと』と言っていたためだ。

あの二人がそんな喧嘩をするのだろうか、とイーリンは訝《いぶか》ったが、実際、一触即発のピリピリした雰囲気であり、見ている側もハラハラさせられた。

そのため、清貴がジャケットを脱いで円生の肩に掛けた時は、葵は安堵した様子で胸に手を当て、良かった、と洩らしていたが、イーリンはというと興奮してしゃがみ込んでしまった。

「あの二人が、あんなふうに……」

イーリンが口に手を当てて言うと、葵が、うんうん、とうなずく。

「感慨深いですよね」

同感する葵だったが、おそらく、自分の感情とは異なるものだろう、とイーリンは思う。

自分の場合、アニメを観ながら打ち震えている時と同じ感覚、俗に言う『萌え』である。

だが、葵の言う通り、感慨深くもあった。

イーリンは、清貴と円生のこれまでの姿を知っているわけではないが、互いにライバルであり、反発しあっていたのは感じ取っていた。

今、清貴は、心から円生のことを思って苦言を呈し、円生はそのことを理解しつつ、素直に受け止められずにいる。

イーリンには、円生の気持ちが分かるような気がした。

清貴を信用したい、もっと心を開きたい。そんな気持ちはあるのに、裏切られてしまったら……という猜疑心《さいぎしん》に苛まれているのだろう。

だから、相手を試すように嫌なことを言ってしまうのだ。

清貴は、そんな彼の気持ちをすべて理解したうえで、『下心がある』と言い切った。

ふと、以前、葵が『私は正直に伝えてくれるのが嬉しいです』と言っていたのが思い出され、ようやく理解できた。

もし、清貴が『僕は、あなたというアーティストに心酔していて、支えたいだけです』などと言っても、円生はどこまでも言葉の裏を探ろうとするだろう。

『下心がある』と伝えてしまえば、それ以上探りようがない。

高宮や父が、円生をサポートしたいと思っているようだが、今のところ円生の一番近くにいるのは、清貴だろう。

また、彼以上に適任はいないように思える。

「喧嘩の心配はないようですし、ホールに戻りましょうか」

葵の言葉に、イーリンは我に返った。

「そうね。それにしても、『喧嘩の心配』って、葵さん、お母さんみたい」

「二人が揃うと時々、子どもみたいになるんですよ」

笑い合いながらテラスから戻った時、

『こんばんは、イーリン』

と、聞き覚えのある英語が耳に届いた。

顔を上げると、親戚の男女四人が、笑顔でこちらを見ている。

『伯母様方……』

父は三姉弟だ。麗明《レイメイ》という姉と、珠蘭《シュラン》という妹がいる。

今、イーリンの前には、麗明とその夫・浩一《ハオイー》、珠蘭とその夫・博文《ブォウェン》が揃っていた。

彼女たちを前にするなり、イーリンの体が強張ったが、

『……驚きました。このパーティに参加されていたんですね』

と、動揺を隠して笑顔を作ると、彼女たちも笑みを返す。

『あなたのお父様が言っていたのよ。最近、イーリンが自分のために随分がんばってくれているようだって』

『そうそう、きっとこのパーティも自分のために開いてくれたんだろうが、仕事が忙しくて行けそうにないってね。だから、旅行を兼ねて彼の代わりに来たんだ』

そう言ったのは、伯母と叔父だ。

えっ、とイーリンは大きく目を見開いた。

『お父様が、そんなふうに……？』

そう、イーリンは逐一、父に報告していた。

今回の件も、高宮に接触を図るため、清貴や葵の協力を得てパーティを開くことになったと報告している。父からの返事はいつも素っ気ないもので、返事があるだけましという状態だったのだが、ちゃんと評価してくれていたようだ。

二人の言葉を聞いて、イーリンの胸が熱くなる。

イーリンが目を潤ませていると、伯母が鼻で嗤い、中国語で吐き捨てた。

『人殺しの娘は、父親に取り入るのに必死ね』

ばくん、とイーリンの心臓が強く音を立てた。

すると、叔母の珠蘭が小声で言う。

『もう、姉さん。この子には罪はないでしょう』

『あら、珠蘭は、害虫を前にして同じことが言えるのかしら？』

『害虫だなんて、それは酷いわよ……』

『必死に取り入ろうとしている様子が鼻につくのよ。大人しくしていればいいものを。大体、あなたたち夫婦は甘やかしすぎよ』

『義姉さん、そうは言うけど、イーリンは僕たち一族の仲間だよ』

『仲間じゃないわよ。私は、クーチンが可哀相で……』

こんな会話をしているが、皆は笑顔だった。なおかつ、悪口になると英語ではなく、中国語で話している。

おそらく、傍から見れば、談笑しているようにしか映らないだろう。

もしかしたら、清貴なら気付いてくれたかもしれないが、彼は今も庭で円生と話している。

イーリンは笑顔を浮かべながらも、指先が氷のように冷たくなってくるのを感じた。

こんなのはいつものことで、慣れている。

それでも親戚の側から離れて楽しく過ごすようになったことで、どこか気持ちが緩んだのだろう。これまでになく、ズキズキと胸が痛み、耳鳴りがして、伯母たちの声が遠くから聴こえるようだ。

その時、葵がイーリンの手をつかんだ。

「イーリンさん、お知り合いでしたら、ご紹介していただけますか？」

葵は明るい声で言って、伯母たちの方を見た。

伯母たちはすぐに口を噤《つぐ》み、イーリンは我に返る。

「あ、そうね。こちらは、父の姉の麗明さんとご主人の浩一さん。そして父の妹の珠蘭さんとご主人の博文さんです」

そう言うと葵は大きく首を縦に振って、伯母たちの方を向き、

『はじめまして、真城葵です。イーリンさんには、とてもお世話になっております』

と、拙いが英語で挨拶をした。

『まぁ、それは良かったわ』

『これからもがんばるんだぞ、イーリン』

『僕たちはしばらく日本にいるから、何かあったら声を掛けて』

『そうそう、ゆっくり滞在するつもりだから、いつでも遊びに来てちょうだいね』

四人はそう言うと、その場を後にする。

葵はまだイーリンの手をつないだままだった。

「葵さん……？」

「あっ、ごめんなさい。なんだか、イーリンさんの顔色が真っ青で倒れそうに見えたんです。手もこんなに冷たくて……」

葵は、イーリンの手を両手で包むようにして、優しく摩った。

「大丈夫ですか？」

心配そうに問う葵にうなずくも、今になって体が震えてきて、目に涙が滲む。

慌てて涙を拭うと、葵はイーリンの体を抱き寄せて、よしよし、と背中を撫でた。

「イーリンさん、もう大丈夫ですよ」

氷のように冷たくなっていた体に、ぬくもりが伝わってくる。

「ゆっくり息を吸って、吐いてください」

葵の言葉を受けて、イーリンは呼吸が浅く乱れていたのを自覚した。

すぅっと息を吸い込んで、大きく吐き出す。

葵は今も背中を撫でている。強張っていた筋肉が緩んでいった。

「ありがとう、本当に大丈夫……」

そう言うと葵はイーリンから体を離し、ハンドバッグからハンカチを出してイーリンの目に滲んでいる涙を優しく拭った。

葵の優しさが嬉しくて、また涙が出そうになる。

ふと、視線を感じて顔を上げると、テラスに清貴と円生の姿があった。

さらに、梓沙も驚いたようにこちらを見ている。

葵に抱き締められていてずるい、と騒ぎだすのだろうか、と思ったが、梓沙は伯母たちの背中を確認しながら、険しい表情で洩らす。

「今の人たち、あなたにとんでもなく酷いことを言ってなかった？」

「なんて仰っていたのでしょうか？」

そう問うた清貴に、梓沙は言いにくそうにしながら口を開く。

「人殺しの娘……とか」

「人殺し？」

清貴は眉根を寄せ、葵は、信じられない、と口に手を当てた。

「どうして、そんな酷いことを……？」

イーリンは目を伏せて、首を横に振った。

「酷いことじゃなくて……本当のことなのよ」

そう囁くと、円生は肩をすくめる。

「そんなん、あんたのせいとちゃうやろ。ほんましょうもな」

そう、円生は事情を知っているのだ。

葵と清貴は、気になっているのだろうが、イーリンを気遣って何も言わない。

「それってどういうことよ。力になるから聞かせなさいよ」

一方で、梓沙が鼻息も荒くそう言う。

円生が、『あんたのせいとはちゃうやろ』と吐き捨てたこと、葵と清貴の心遣いと、梓沙の強い言葉を受けて、イーリンは、萎縮していた心が少しだけ緩むのを感じた。

「良かったら聞いてもらえるかしら、私の話……」

そう言うと、もちろん、と皆は声を揃えてうなずいた。

2

「私は、いわゆる『愛人の子』で……」

イーリンは目を伏せたまま、ぽつぽつと話す。

ここは高宮邸の応接室だ。

高宮にお願いをして、使わせてもらうことになった。

今、イーリンと葵がソファに並び、対面に清貴と梓沙が座っている。

円生は座らず、壁にもたれるようにして腕を組んで、皆をじっと見ていた。

実のところイーリンの事情については、円生は知っていた。

上海の外灘の川岸で、上海タワーを眺めながらイーリンが語ったためだ。

今彼女自身が言ったように、イーリンは愛人の子であり、父親の正妻が自害した。

イーリンはそんな自らの事情を伝えて、息を吐くように言う。

「……だから、私は『人殺しの娘』と親戚から嫌われているの」

「イーリンさん……」

葵は沈痛の面持ちで、イーリンの背中を優しく摩った。

シンとした静けさが襲うなか、梓沙は、何それ、と腕を組んだ。

「だからって、『人殺しの娘』だなんて。ありえないわ」

私もそう思います、と葵もうなずく。

「イーリンさんに罪はなくて、悪いのはすべて大人たちです。当時の大人たちはもちろん、今もイーリンさんをそんなふうに言う大人たちの方が罪深いです」

葵は、いつもニコニコしながら周りに合わせるような自分の意見がないタイプに見えるが、実はそうではない。自分が、それは間違っていると思った時は、意見をはっきり言う一面があると円生はあらためて思う。

しかし、イーリンはそんな葵の顔を見るのは初めてだったようで、少し驚いた様子を見せていた。

それまで黙り込んでいた清貴は、言いにくそうに訊ねる。

「このようなことを訊くのは躊躇われるのですが、正妻のクーチンさんは、どのようにして自ら命を断ったのでしょうか？」

「……湖に身投げしたそうよ」

と、イーリンは暗い表情で答える。

「遺書は？」

「父に電話しているの。『今から死にます』と……その後、本当に身投げを」

「死にます……ですか」

と、清貴は独り言のように洩らす。

「ジウ氏は、すぐに駆け付けたのでしょうか？」

「もちろん。ただ、その時クーチンさんはベッラージョの別荘にいたから、到着まで時間がかかったそうで……」

そう言ったイーリンに、葵が小首を傾げる。

「ベッラージョって、どこにあるんですか？」

「北イタリアにあるコモ湖の畔よ。セレブの高級避暑地ね」

そう答えたのは、梓沙だ。

ふむ、と清貴は腕を組んだ。

「どのような女性だったのでしょうか？」

イーリンは首を横に振る。

「伯母たちは『とても素敵な女性だった』と言っているけど、具体的にどんな人かは知らないのよ。私はクーチンさんのことを訊けるような立場ではないし……」

それはそうだろう、と円生は苦笑しながら相槌をうち、ぼんやりとイーリンの話を頭の中で反芻《はんすう》させる。

クーチンは、夫であるジウ氏に『今から死にます』と言って、湖に身投げをした。

その時、クーチンは、北イタリアの湖の畔にある別荘にいた。

ジウ氏は一緒におらず、到着に時間がかかる場所にいた。

それらは、イーリンが生まれる直前、二十三年前の出来事。

「……高宮のボンボンと同じなんやな」

円生がぽつりと洩らすと、清貴が振り返った。

「それは、どういうことでしょうか？」

ただの独り言だったのだが、それを拾われて円生はばつの悪さを感じ、首の後ろを撫でる。

「ただの偶然の話やねん。じいさんの息子と共通点があるなと思っただけや」

うん？　と清貴が眉根を寄せる。

「詳しく聞かせていただけますか？」

前のめりになっている清貴に、円生は微かにのけ反り、

「小松のおっさんが気になって調べたんやて」

と、小松から聞いたことをそのまま伝える。

清貴は少し考え込むようにしながら、口を開く。

「ジウ氏やクーチンさんのことを、もっと知ることができたら良いのですが……」

すると梓沙が、それなら、と手を叩いた。

「アイリーに訊くのはどうかしら？　あの人、ジウ氏との付き合いは長いし、ジウ氏のことならなんでも知ってるって豪語していたわよ。でも彼と寝たことはないみたい。アイリーは面食いなんですって」

でも、とイーリンは顔をしかめる。

「アイリーは今、日本にはいないわよね？」

「イーリン、あなたはいつの時代を生きているの？　ネットさえつながれば、顔を見ながら話を聞くことができるわよ」

「あ、そうよね」

「アイリーとはよくリモートで打ち合わせをしているのよ。その時はスクリーン越し通話をしているんだけど、ここではスマホ越しになるわね」

と、梓沙がスマホを出そうとすると、清貴が手をかざした。

「いえ、今から場所を変えましょう」

梓沙はぱちりと目を瞬かせる。

「えっ、一体どこに？」

「小松探偵事務所です。あそこは設備が整っているので」

そう言って立ち上がった清貴に、一同は戸惑いつつ腰を上げた。

4

「……それで、ここにみんなで集まってきたわけだな」

清貴と円生たち一行が事務所を訪れたのは、小松が仕事をそろそろ切り上げて帰ろうとしていた時だ。

円生は事務所の二階に住んでいるため相鍵を持っていて、インターホンを押すこともない。

いきなり玄関の引き戸が開き、がやがやと人が入ってきた時は何事かと目を丸くした小松だったが、事務所に入ってきた面々――清貴、円生、葵、イーリン、梓沙を見た時は、思わず頬が緩んだ。

高宮邸でのパーティを終えて、ここで二次会を始めるのだろうと思ったからだ。

しかし、それにしては皆の表情が深刻そのものだ。

「こんな時間にすみません。小松さんのお話を伺いたかったのと、ここの設備をお借りしたく……」

そう言ってから清貴は、ここに来るに至った事情を簡潔に伝えた。

それを聞き、小松は先の言葉を口にしたのである。

ここでみんなでワイワイ二次会も楽しそうだと一瞬喜んでしまったため、がっかりした気持ちは否めなかったが、彼らの役に立っておいて損はない。

「とりあえず、香港のアイリーとリモート通話するんだな」

はい、と清貴はうなずき、梓沙が得意げに続ける。

「アイリーにはすでにアポを取っているから大丈夫よ」

了解、と小松がマウスをクリックすると、天吊りのプロジェクタースクリーンが下りてくる。

葵が驚いたように目を見開いた。

「すごいです。こんなに大きなスクリーンがあったんですね」

「百インチくらいかしら。でも、わざわざ天井吊りのロールスクリーンにしなくても液晶モニターでも良くない？」

と、梓沙が言うと、清貴が笑って答える。

「小松さんはこういうのが好きなんですよ」

「ホームシアターに憧れてたて言うてたな」

さらにそう続けた円生に、放っておいてくれ、と小松は顔をしかめた。

皆がワイワイ話す中、イーリンは力なく笑みを浮かべているだけだ。

「それじゃあ、アイリーとつないで、そのスマホをこっちに貸してくれよ」

梓沙は、はーい、とスマホを操作してから小松に手渡す。

小松がパソコンと梓沙のスマホをつないだことで、大画面にアイリーの姿が映った。

彼女は一人掛けソファにゆったりと座っていて、デコルテラインが強調された赤いドレスに真珠のネックレスをしている。

綺麗に巻いたセミロングの髪、少しだけ開いた口許と、垂れがちな目元の泣きぼくろが色香を放っている。

『こんばんは、アイリー。見事に私とドレスの色がかぶっちゃったわね』

と、梓沙はスクリーンに向かって冗談めかして、英語で話しかける。

「にしても、おばはん、気合入れすぎやろ」

「円生、妙齢の女性を『おばはん』なんて言ったら駄目だぞ」

独り言のように洩らした円生に、小松は小声で釘を刺した。

アイリーは小松の妻・雅美《まさみ》と同世代だ。雅美もアイリーほどではないが、美容に力を入れていて、若々しく美しい。そんな彼女は『おばさん』と呼ばれると怒るわけではないが、こめかみが盛大に引きつるのである。

親戚でもないかぎり、『おばさん』と呼ぶのは控えた方が無難だろう。

「小松さん、同感ではありますが、『妙齢』というのは、実は『うら若い』という意味で、基本的に二十代を指す言葉なんですよ」

えっ、と小松は目を見開く。

「そうだったのか。恥ずかしすぎるぞ、俺」

「どうせ、日本語分からへんやろ」

「いや、分かるんだ。外国人とリモートする場合、こちらの言葉が翻訳されて字幕が表示される仕様にしているんだよ」

そんなやりとりをしていると、アイリーがスクリーンの向こう側で咳払《せきばら》いをした。

『うら若くなくてごめんなさいね、清貴』

アイリーが話した英語は、画面下に日本語で表示され、清貴は、いえいえ、と笑みを浮かべていた。

『女性は年齢を重ねるごとに魅力的になると、僕は思っていますので』

こちらの言語も翻訳されて表示されるのだが、清貴は英語で話した。そんな清貴の言葉は、こちらのスクリーンに日本語で表示されている。

『そういうあなたの婚約者は、随分年若いようだけど？』

アイリーは、葵の方を向いて言う。アイリーと葵は面識がないはずだが、葵の顔を知っているようだ。おそらく、梓沙が写真を見せたのだろう。

『ええ、ですので、四十代、五十代、六十代とこれからさらに魅力が増していく彼女に出会えるのが楽しみです』

清貴は胸に手を当てて熱っぽく言う。その隣で葵は頬を赤らめて俯き、アイリーは、はいはい、と肩をすくめ、気を取り直したように訊ねた。

『それで、私に訊きたいことって何かしら？』

梓沙は、振り返ってイーリンを見る。

デスクチェアに座っていたイーリンは立ち上がり、アイリーに向かって問いかける。

「父とクーチンさんのことで、知っていることがあれば教えていただきたいんです」

アイリーは少し驚いた様子だったが、イーリンの覚悟を感じ取ったようで、そっとうなずき、口を開いた。

『クーチンって、ジーフェイに「今から死んでやる」って電話をして、コモ湖で亡くなってしまったでしょう？』

アイリーは、ジウ氏のことをジーフェイと呼んでいるようだ。親しさが窺える。

彼女の言葉を聞いて、イーリンは身を縮めた。

『そうですが……。父に言ったのは、「今から死にます」だったかと』

『違うわ。言ったのは、「今から死んでやる」よ。あの日、ジーフェイはローリング・クラブの会合に出席していたの。その時にクーチンから電話がかかってきてね、周りの人にも聞こえるような声で、「絶対許さない、今から死んでやるから！」ってヒステリックに叫んだそうよ』

では、と清貴は確認するように訊ねる。

『その口ぶりから、クーチンさんはジウ氏に愛人がいるのは知らなかったんですね？』

いいえ、とアイリーはあっさり否定する。

『そんなことないのよ。クーチンの方が先に愛人を作っていたし、お互い黙認状態で、離婚も秒読み段階だったはずよ。ほとんど別居状態だったし』

初めて聞く話だったようで、イーリンは、えっ、と大きく目を見開く。

『そもそも、クーチンは、資産家の娘だったでしょう？　ジーフェイの成功は自分の実家のおかげだと自負してやまなかったの。もちろんクーチンの実家の協力は当然あったけれど、あそこまでになったのはジーフェイの才覚も大きかったと私は思っている。でも彼女の考えはそうじゃなかった。百パーセント自分と自分の実家のおかげだと思っていたし、その考えを貫き続けたわ。ジーフェイも最初こそクーチンに感謝していたけれど、常に下僕のように扱われていたから、気持ちが離れてしまったみたい』

そりゃあそうだろうな……と小松は苦笑する。

ジウ氏のことはよく知らないが、プライドの高さは伝わってくる。

『ジーフェイが、ジーリン――イーリンの母親と知り合ったのは、クーチンが愛人と過ごすようになってからよ。ちなみにジーリンは、屋敷の使用人だったのよね』

それも初耳だったようで、イーリンは瞳を揺らしている。

『クーチンのことは、ジーフェイの両親も姉も妹もみんな嫌っていたわ。そりゃそうよね。みんなを下に見て、女帝のように振る舞っていたわけだし』

けど、とアイリーは話を続ける。

『いざ、本当に離婚してしまうとなると話は別だったみたい。クーチンが高額な慰謝料を要求するつもりなのは目に見えていたのと、上の娘二人はさておき末の息子だけは引き取るつもりでいたようだったから。そうなると、財産はあちらの家に渡ってしまうと焦ってね。それまで親戚一同、クーチンを毛嫌いしていたのに、離婚となると掌を返したのよ。特に姉は離婚話が浮上した途端、クーチンとべったり。例の湖の畔の別荘にも一緒に行っていたのよ』

そう、イーリンは四人姉弟の末っ子だ。中国は『一人っ子政策』の国だが、『社会扶養費』という名目の罰金を支払うことで、兄弟を作ることも可能だった。ところで、と清貴が訊ねる。

『クーチンさんが亡くなった時、ジウ氏の姉妹たちが側にいたということですね？』

『ええ、麗明と珠蘭の姉妹とその夫たちも一緒に、五人でイタリアに行っていたわ。子どもたちは使用人に預けてね。別荘に着いた時は、クーチンも上機嫌で私に電話をしてきていたわ』

『どんな話をされたのでしょう？』

清貴の問いに、アイリーは当時を振り返るように上目遣いになった。

『たしか、主演女優賞受賞おめでとうというお祝いの言葉と、その記念に私が買ったサンドロップについてだったわ。「あの宝石、私も欲しかったから悔しいわ。けど、私もあなたに負けない珍しい宝石を夫に買ってもらうのよ」と言っていたわね。彼女も宝石好きだったから』

ふむ、と清貴は腕を組む。

『どうして、クーチンさんは、それまで欲しかったサンドロップを購入していなかったのでしょう？』

『それは、私が買うまでサンドロップの行方が分からなかったからよ。私はたまたま、優秀なバイヤーを紹介してもらって購入できたわけ。だからクーチンは悔しがってたってわけよ』

清貴は、なるほど、と相槌をうつ。

『その後、別荘に滞在中にクーチンさんはジウ氏の愛人の妊娠を知ってしまい、激昂してジウ氏に電話をして、湖に身投げをしたということですね』

そう言われているわね、とアイリーは神妙な表情で答える。

『そのニュースを聞いた時、あなたはどう思われましたか？』

『「嘘でしょう」と思ったわ。声にも出たくらい。でも人って表面だけでは分からないから、ああ見えて、ショックが大きかったのかもしれないわね』

『イーリンさんの母親に会ったことは？』

あるわ、とアイリーは答える。

『ジーフェイと愛人関係になる前のことだけど、使用人としてお茶を出してくれたの。彼女は今のイーリンとそっくりで、使用人にしておくのはもったいないほどの美しさだったわ。私は驚いて、「使用人じゃなくてモデルになったら？」って言ったくらい。彼女は「私なんて」と謙遜していたわ。話を聞いたら、田舎から出てきて間もない素朴な子だったのよね。父親を亡くして、母親に仕送りをするために都会に出稼ぎに来たって話していたわね』

初めて聞く実の母親の話に、イーリンの体が小刻みに震えていた。

『イーリンさんの母親は今どこに？』

清貴が問うと、アイリーは首を横に振る。

『詳しくは分からないわ。クーチンの自殺にショックを受けて、出産後に田舎に帰ったという話よ。もちろん、ジーフェイは引き止めたけれど、彼女はここにはいられないって。その時には、イーリンも連れて行こうとしたみたいだけど、ジーフェイがそれを止めたみたい』

アイリーがそこまで言った時、それまで黙って聞いていたイーリンが、あのっ、と前のめりになった。

『母は、父から高額の慰謝料をふんだくって、私を捨てて出て行ったって、ずっとそう聞いていたの……。でも、それは、嘘だったのかしら？』

するとアイリーは弱ったように眉を下げる。

『嘘とも言えないわ。ジーフェイは、あなたの母親に慰謝料を支払っているはずよ。それも結構な額だと思う。そしてジーフェイが止めたとはいえ、あなたを置いていっているのも事実……』

事実だけつなぎ合わせれば、そういうことにもなってしまうのだ。

『そう……ですよね』

イーリンがうな垂れると、葵が寄り添って背に手を当てる。

「言葉って、本当に恐ろしいものですね。伝え方でこんなにも印象が変わってしまうんですから……」

清貴は、本当ですね、とうなずき、スクリーンを見据えた。

「しかし、この話を聞いていると、どうも僕にはクーチンさんが自ら命を断ったとは思えません」

皆は押し黙って、苦々しい表情で清貴の方を見た。驚きの声が上がらなかったのは、皆、同じように感じていたためだろう。

小松もそうだった。

アイリーの一方的な言葉ではあるが、今の話を聞く限り、クーチンという女性は、ジウ氏の浮気に胸を痛め、心を病んで命を断つとは思えない。

だが、事実だけみれば、そういうことになっている。

しかし、その裏側に『真実』が隠されているとしたら……？

「それじゃあ、あんちゃん、もしかしてクーチンは……」

小松の言葉を遮るように、ですが、と清貴は話を続ける。

「これ以上のことを明言するには、情報が足りません。もっといろいろな方のお話を伺いたいですね。特に、別荘で一緒だったという姉妹――」

清貴はそう言って、冷ややかな目を見せる。

事務所の窓から中秋の名月が顔を覗かせている。

ここまで、姿をさらけ出しながら、月の裏側は未だに解明されていない。
今回のことを彷彿とさせるようで、小松の背筋がぞくりと冷えた。

第四章　伏魔殿の宴

1

その夜、イーリンは夢を見た。

子どもの頃の夢だ。

旧正月で親戚一同が集まるという日、イーリンの許に父からドレスが届いた。

赤地に金糸が施されたチャイナカラーで、スカートがふわりと広がった華やかなワンピースだった。

父から洋服が届くことなど初めてであり、イーリンは感激しながらドレスを纏い、迎えの車に乗ろうとした時、

『お嬢様。念のため、こちらをお持ちください』

と、ナニーが着替えの入ったバッグを差し出した。

もし、汚してしまった時のために、と付け加えて。

『あら、ジーファ。もう私は小学生よ。汚したりはしないわよ』

イーリンはそう言って笑ったが、ナニーの心遣いを無下にはできずに受け取って、車に乗り込んだ。

イーリンは上海でも学力が高いことで知られている小学校に入学し、成績もトップ。

そのことを父も喜んでくれていたという話だ。

きっと、このワンピースも父からのご褒美なのだろう。

思えば、イーリンは小学校に入学するまで、ずっとぼんやり窓の外を眺めているような子どもだった。

小学生になって、初めて『社会』を知り、急激に自我が発達したように思える。

それまで毎年、旧正月に父の邸宅を訪れていたのだが、自分がいかに歓迎されていなかったか、その日までは気付かなかった。いや、もしかしたら、あのワンピースが何かの引き金だったのかもしれない。

イーリンが邸に足を踏み入れると、周囲の者たちのゾッとするような冷たい視線を感じ、足がすくんだ。

だが、皆はすぐに満面の笑みになり、

『イーリン。ちょっと見ない間に随分お姉さんになったのね』

『おっ、イーリン、聞いているぞ。成績も優秀だとか』

と、ちやほやしてくれる。

『ありがとう、学校はとても楽しいわ』

と、イーリンが得意満面で答えていると、伯母の麗明が紹興酒をイーリンのドレスにぶちまけた。

『あんまり調子に乗っちゃ駄目よ。あなた、本当はここに来られるような子じゃないんだから』

イーリンが絶句して立ち尽くしていると、

『姉さん。この子はまだ子どもなのよ。さっ、イーリン。こっちに来て着替えましょうね』

叔母の珠蘭がやってきて、イーリンの手を取り、小声で囁いた。

『イーリン、姉さんを許してあげてね。感情が追い付いていないだけなの』

『どういうことなの？』

とイーリンが問うた時、会話が聞こえていたのだろう、麗明が声を張り上げた。

『教えてあげるわ。あなたの母親は、とんでもない女だったのよ』

イーリンは、はっ、と目を開いた。

まだ慣れていないマンションの天井が視界に入る。

久しぶりに見た夢だ……。

イーリンは上半身を起こして、額に手を当てる。

全身、汗だくだった。

あの後のことも思い出した。

ナニーが用意したシンプルなワンピースに着替えて父の許に行くと、

『私が贈った服は着なかったのだな』

と、冷ややかに言ったのだ。

イーリンが言い訳をしようとした時、伯母がすかさず言った。

『ジーフェイ、女の子は好みにうるさいものよ。服なんて贈らない方がいいわ』

それ以来、父から服が届いたことはない。

「……ジーファ、今何時？　今日の予定は？」

ＡＩアシストに問いかけると、即座に返答してくれる。

『今は、十時五十五分です。今日は十三時から十九時まで骨董品店「蔵」でバイト。二十時にお父様に定期報告です』

予定はすべて覚えているが、起き抜けに日本語を話すことで、頭の切り替えができる。

ここにいる以上は、なるべく日本語を使おうと心がけていた。

イーリンは、ありがとう、とベッドから降りて、バスルームに向かう。

最悪の目覚めだったが、今日はバイトがあると思うと、心が軽くなっていた。

葵に会える。

シャワーを浴びながら、にこやかに微笑む葵の姿を想像し、イーリンの顔が綻んだ。

「あ、でも、今は連休中だから、きっと清貴さんも店にいるのよね」

そう言いながら、自分が少しガッカリしていることにイーリンははたと気付いた。

不思議なものだ。

少し前までは、憧れを抱いていた清貴と一緒に仕事ができると思うと、胸が弾んだのだが、今は葵に会える方が待ち遠しく感じている。

なんなら、二人きりの方が気兼ねなく過ごせて嬉しいとまで思っていた。

シャワーを浴び終えて、クローゼットを開けた。

「さて、何を着ていこうかな」

今日は清貴のように白シャツと黒いパンツ、ベストにしよう。

「アームバンド、買っておいたのよねぇ」

イーリンは眩しいくらいの白いシャツを羽織り、引き出しからアームバンドを出して、いそいそとつけて、むふふと微笑む。

十二時五十分。

「おはようございます」

イーリンが骨董品店『蔵』に顔を出すと、ショーウインドウの床をせっせと拭いていた葵が、おはようございます、と振り返る。

「わっ、イーリンさん。カッコいいですね。素敵、やっぱりお似合いです」

思った通りに褒めてもらい、イーリンは、ありがとう、とはにかんで店内を見回す。

「ところで、清貴さんは？」

「ホームズさんは小松さんのところです。イーリンさんのお母様の件で、本格的に調査に乗り出すようで」

小松探偵事務所でアイリーから衝撃の証言を得た後、イーリンはあらためて小松に調査を依頼したのだ。

それは、清貴も手伝うと言っていた。

「早速動いてくれているのね」

少し申し訳なくなっていると、葵がポンッと背中を叩く。

「小松さんはああ見えてすごい方なので、ドンとお任せして、ここでは仕事に集中しましょう」

はい、とイーリンは微笑みながらうなずく。

「葵さんは今そこで何をしていたのかしら?」

見たところ、ショーウインドウに飾っていたものを片付けていたようだ。

「いよいよ秋も本番なので、ディスプレイを変えようと思って、掃除をしていたんです。イーリンさんにも手伝ってもらいたくて」

「もちろん、手伝うわ。どんなディスプレイを?」

「テーマは『国宝茶碗と「蔵」の逸品』。もちろん本物は飾れないので、こういう写真を用意したんです」

と、葵は足元の箱の中に視線を移す。

そこには、色紙サイズの額入り写真が積まれていた。さらに『国宝茶碗と「蔵」の逸品』は、厚手の紙に印刷されて、一文字ずつカッティングされているのも見える。

写真は竹の格子の衝立を設置して飾り、文字は天井から吊るすのだという。

「これ、全部、葵さんが一人で用意をしたの?」

「写真はホームズさんに、文字はニューヨーク帰りの利休くんにお願いしました」

「あっ、そうだったのね。てっきり葵さんが全部用意したのかと……」

イーリンは心なしか少しガッカリしていた。葵がすべて一人で用意をしていた方が、より素敵だったのに、と思ってしまったのだ。

「以前の私は一人でやろうとしてしまっていたんですけど、そうなるとクオリティが落ちてしまうんですよね。企画を成功させるには、得意な人にお任せすることが大切で、そうすることによって技術も経済も回って、最高のものができる」

私が一人でできることなんてたかが知れていますし、と葵は洩らし、顔を上げた。

「こういう考えを持つようになったのは、ホームズさんの影響なんですけどね。以前の私なら一人で奮闘して、そこそこのクオリティのものを作って自己満足していたと思います」

それはイーリン自身、頭では分かっていたことだ。

何かを始める時、自分一人でやろうとはせず、それぞれの分野で優れた者に割り振ることで、その者の才能がさらに磨かれ、結果、クオリティの高いものが生まれる。

イーリンが黙り込んでいると、葵は慌てたように言う。

「あっ、趣味の世界なら、自己満足で良いと思っていますよ。私も陶芸なんかはそうしていますし」

分かってるわ、とイーリンは相槌をうつ。

「思えば、それも『三方良し』よね」

葵は、そうですね、と頬を緩ませた。

「そして、葵さんの話を聞いて、カーネギーのことを思い出したわ」

「『カーネギー・ホール』のカーネギーですか？」

「そう、鉄鋼王アンドリュー・カーネギー。世界一の富豪と言っても過言じゃない。そんな彼の墓には、こんな言葉が刻まれているの」

――己より賢明なる人物を身辺に集める術を修めし者、ここに眠る。

「カーネギーは、『自分が凄かったのではなく、自分の周りにいた者が素晴らしく、自分はそんな者たちを集める術を持っていたにすぎない』と自らの墓に刻んだのよ。彼があそこまでの成功を収めたのは、得意な者に任せることができたからなのよね。自分一人でがんばっている者には、到達できない高みよ……」

カーネギーは人心掌握術に長けていたのだという。

彼はとにかく、『人を褒める』ことを大切にしていて、些細なことでも評価したそうだ。

そして『人に思い付かせる』、『名前を覚え、名前で呼ぶようにする』ということを徹底していたのだという。それは誰にでもできそうなことだが、イーリンの周りにそれが自然にできている人間は、そうはいない。清貴が当て嵌まりそうだが、彼は名前ではなく、『あなた』と呼ぶことが多い。そう思えば、一人だけかもしれない。

イーリンは、しみじみと葵を見る。

「葵さん、あなたはカーネギーの素質があるのね」

そんな、と葵は噴き出すように笑った。

「私は得意な人にお願いすることをようやく学べただけですよ。では、ディスプレイの前に、国宝の勉強会をしましょうか」

ぜひ、とイーリンは明るい顔でうなずく。

それでは、と葵とイーリンはカウンターに移動した。

葵は手を洗ってから、美術本を出して、パラパラとページを開く。

「現在、日本の国宝に指定されている茶碗が八点あるのですが、その中に志野茶碗も入っているんですよ」

美術本には、『志野茶碗　銘《めい》　卯花墻《うのはながき》（三井美術館）』というキャプションの上に写真が掲載されていた。あらためて見ると、『蔵』の志野茶碗よりも高さがあり、志野焼き特有の歪んだ造形、ぬるりとした柔らかな質感の茶碗である。

「ちなみに、国宝指定されている茶碗はこちらです」

と、葵は八点の国宝指定茶碗を教えてくれた。

①曜変天目茶碗《ようへんてんもく》　稲葉天目《いなば》（静嘉堂《せいかどう》文庫美術館所蔵）
②曜変天目茶碗（藤田美術館所蔵）
③曜変天目茶碗（龍光院《りょうこういん》所蔵）
④油滴《ゆてき》天目茶碗（東洋陶磁美術館所蔵）
⑤玳玻《たいひ》散花文天目茶碗（相国寺《しょうこくじ》承天閣美術館所蔵）
⑥井戸《いど》茶碗　銘　喜左衛門《きざえもん》（孤篷庵所蔵）
⑦志野茶碗　卯花墻（三井記念美術館所蔵）
⑧樂焼《らくやき》　白片身変茶碗《しろかたみがわりちゃわん》　銘　不二山（サンリッツ服部美術館所蔵）

この中で、イーリンがよく知っているのは、曜変天目茶碗であった。

上海博物館での展示会で、曜変天目茶碗三点は目玉作品であった。『茶碗の中の宇宙』と称されるのもうなずける、蒼い星雲のような天目紋様が美しい国宝に相応しい茶碗だ。

油滴天目茶碗の方は、蒼ではなく金色の星雲だった。

豪華でありながら、シックな装いで、イーリンはこちらの茶碗も美しいと思う。

玳玻散花文天目茶碗は、べっ甲のような模様が印象的だ。他の天目茶碗よりも少し小振りの上品な茶碗だった。

井戸茶碗は、黄土色の素朴な茶碗だ。味わい深い茶碗と言えるだろう。

葵によると、この茶碗は『持った者は呪われて、顔が腫れる』といういわくつきだという。

そして、先ほど葵が説明してくれた志野茶碗。最後が樂茶碗だった。

樂茶碗は、上部が白く、底が黒い。

樂焼には珍しい、白い土に白い釉薬をかけている『白樂茶碗』だという。

下半分が黒いのは炭化したからであり、窯の中で偶然起きたこと。曜変天目茶碗もそうだが、こういう偶然が名品を産むことがあるのだという。

この茶碗は、本阿弥光悦《ほんあみこうえつ》作であり、光悦が娘の嫁入りの際に振袖に包んで持参したことから『振袖茶碗』とも呼ばれているという。

美術本には『樂茶碗』ではなく『楽茶碗』と書かれていた。そのことが気になり、葵に問うと、本来は『樂』なのだが、文化財登録は『楽』の字が使われているそうだ。

イーリンは相槌をうちながら、八点の茶碗の写真をあらためて眺める。

「さすが、国宝……さすが名品という風格ね」

そうですね、と葵は相槌をうつ。

「ちなみに天目茶碗と井戸茶碗は、中国や朝鮮などの外国から伝来したもので、純国産の茶碗は、志野茶碗と樂茶碗の二点だけなんです。そのため、古美術や焼き物を愛する日本人にとって、この二点の茶碗は特別と言って良いと思います」

イーリンは、へぇ、と相槌をうつ。

「日本人って、あっさりしているというか、他の国の人間と比べて愛国心を強く表に出していないと感じていたのだけど、こうして聞くと自国の芸術に熱い想いを抱いていたのが伝わってくるわ」

「そうですね。自分の国の芸術や技術に誇りを持っていると思います」

その言葉を聞き、イーリンは、葵が『国宝茶碗』の展示を決めた意図を感じ取った。

イーリンはこれから約一年間、日本に滞在する。その間、高宮のような好事家たちと関わっていくのは間違いない。その時に日本の国宝茶碗八点と、さらにその中でも特別な二点を知っておくというのは、必ずや役に立つ。

「ありがとう、葵さん」

「いえいえ、お礼なんて。それじゃあ、飾っていきましょうか」

道行く人が少しでも興味を示してくれたら嬉しい、と葵は話す。

天井から『国宝茶碗と「蔵」の逸品』という文字を吊るした後、竹の格子の衝立に国宝茶碗八点と『蔵』が所有している宝――青磁と志野茶碗の写真を固定する。格子の間に、紅葉をあしらい、秋の装いにするそうだ。

井戸茶碗の写真を手にした時、イーリンは小さく笑った。

「茶碗にも『呪いつき』があるなんて」

「そういえば、茶碗ではあまり聞かないですよね」

「そうよね。人形とか椅子とか宝石ではあるんだけど……」

そう言いながらイーリンの頭に、ふと、父の依頼が過る。

『珍しい宝石』

あれは一体、なんのことだったのだろう？

2

小松は、清貴、円生とともに高宮邸を訪れていた。

『お披露目パーティのお礼』という体での来訪だったが、もちろん、目的は他にある。

清貴は、高宮が所有しているであろう『珍しい宝石』について訊くつもりだった。

しかし、それには、亡くなった息子が絡んでいるであろう。

とてもデリケートな話題だ。

小松は緊張を覚えながら、出された紅茶を口に運ぶ。

ここは高宮邸の応接室である。

清貴と小松はソファに並び、向かい側ににこにこ顔の高宮が座っている。

「パーティはとても好評で、わたし自身とても楽しかったですよ。まさか、先生にまで来ていただけるとは思いませんでしたし。あれは僥倖《ぎょうこう》でした」

「せやから、『先生』ってやめてくれへん」

円生はいつものように座らず、壁によりかかるように立っていた。

おまえは清貴のボディガードか、と小松は心の中で思う。

高宮は円生の方を見て、そっと口角を上げ、清貴に視線を移した。

「ところで、ここに来られたのは、他に何かご用件があったのではないでしょうか？」

そう言った高宮に、小松は動揺してごほっとむせる。

清貴はカップを皿に置いて、ええ、とうなずいた。

「あなたが所有している『珍しい宝石』についてお伺いしたいと思いまして」

高宮はというと、口許は笑みの形を作ったままだ。

「やはりそうでしたか」

「察しておられたのですね？」

「あの夜、イーリンさんが『珍しい宝石』について訊ねてきた時は、どきりとしたんですよ。イーリンさんにではありません。清貴さん……あなたがしっかりとわたしの顔を見ていたからです。しかし、その時はサンドロップの行方についてで、わたしは拍子抜けしていたのですが……」

しみじみと語る高宮に、清貴は口角を上げる。

「あの時は、高宮さんが、『珍しい宝石』を所有しているか否かだけを知りたかったのです。ですが、今は少し事情が変わりましてね」

サンドロップと言えば、と清貴は膝の上で手を組んで、話を続ける。

「あの宝石、アイリーが購入する前は行方が分からなくなっていた代物だったそうですね。それをなんとか仕入れてアイリーに売ったのは、あなたの息子さんだったとか」

これは、イーリンから正式に調査の依頼を受けた小松が調べたことだ。

高宮は何も答えず、次の言葉を待っている。

清貴はそんな高宮の表情を確認してから、話を続けた。

「ジウ氏の亡くなられた奥様、クーチンさんも宝石がお好きだったようで、アイリーがサンドロップを手に入れたのをとても羨ましがっていたそうです。それで思ったのですが、もしかしたら、クーチンさんはあなたの息子さんに依頼したのではないでしょうか。『私にも珍しい宝石を仕入れてほしい』と……」

その問いに、高宮は大きく息をつき、ぽつりと訊ねる。

「ところで、あなた方はわたしの息子について、どの程度のことを知っているのでしょうか？」

「……高宮忠弥さんは、あなたの会社の取締役を務める傍ら、宝石バイヤーもされていた。妻以外に、高級クラブのキャストと関係があり、二人の間には男の子もいた」

清貴がそこまで話したところで、高宮は自嘲気味に笑った。

「そう聞くと忠弥はとんでもないドラ息子のように感じるでしょうね。ですが、実は違うんです。息子は自分のやりたいことを何一つできなかった、可哀相な子なんです」

どういうことだ？　と小松は眉根を寄せる。

「息子は小さい頃から石が好きな子でした。宝石はもちろん、原石や鉱石も含めて。わたしが絵画を愛するように、息子は石にのめり込んでいました。息子は宝石商になりたいと言っていたのですが、わたしが反対しました。『おまえがうちの会社を継がなくてどうするんだ！』と怒鳴りましてね」

「息子さんは、反発されましたか？」

高宮は首を横に振った。

「気の弱い息子でしたから、黙って従ってくれましたよ。結婚も、会社を大きくするための政略結婚でした。相手のお嬢さんは清楚で素敵な方でしたし、息子はわたしに感謝しているだろう、と思っていたのです」

高宮は目を伏せて、力なく言う。

「しかし実はそうではなかった。大人しく目立たないタイプの息子は、気が強く華やかな女性に惹かれたのです。ないものねだり、というものですね。相手の女性が息子をどのように思っていたのか分かりませんが、息子は、彼女を真剣に愛していたようです」

そして、と高宮は話を続ける。

「自分の好きなようにできない日々が続くと、人は歪んでしまう。息子は、わたしに隠れて宝石のバイヤーを始めました。最初は出張先のインドで、掘り出し物の宝石を見付けてそれを購入しました。息子は石を見付け出して、調べることに情熱を注ぐタイプであり、長く石を所有していたいタイプではありません。見尽くした宝石を売ることで利益を得たことが快感だったのでしょう。そこから、宝石バイヤーとしての仕事に目覚めたんです。同じ石好きの仲間を見付けて二人でやっていました」

高宮は、遠くを見るような目で、チェストの上の写真立てを眺める。

「口数の少ない息子でしたが、石の話になると饒舌になったものです。『石は強い力を持っている』『石は持ち主を選ぶものだ』と、それはもう熱っぽく。のめり込みが過ぎたのでしょう。やがて、裏取引や密輸にまで手を染めていったようで……」

清貴は神妙な表情で相槌をうつ。

しばらく黙り込んでいた高宮だったが、清貴を見て口を開いた。

「清貴さん、先ほどの話ですが、少し違っています」

「違っていると言いますと？」

「依頼はクーチンさんからではなく、ジウ氏からだったようです。『とびきり珍しい宝石を妻に』と」

清貴の眼光が鋭くなり、小松は息を呑んだ。

「それで、息子さんが用意したのは、どのような宝石だったのでしょうか？」

「――オルロフです」

その名を聞いてもよく分からず、小松はぽかんと口を開けたが、清貴は大きく目を見開いた。

「まさか、そんな……」

なんやそれ、と円生が訊ねる。

清貴は、大きく息を吐き出した。

「そういうことでしたか」

「せやから、どういうことやねん」

円生が少し苛立ったように訊ねたが、清貴は考えを纏めているようだ。腕を組んで黙り込み、とりあえず、と顔を上げた。

「ジウ氏とお話をしたいと思います」

3

九月下旬。

イーリンは、清貴、葵、円生、小松とともに東山の南禅寺《なんぜんじ》を訪れていた。

これからイーリンの親戚が滞在している貸別荘へと向かうのだが、約束の時間には少し早く、せっかくここまで来たのだから、と清貴が提案したためだ。

イーリンは京都三大門と誉れの高い三門を前に圧倒された。さらに本堂を詣《まい》り、本坊の前を通りすぎた際、清貴と円生が顔を見合わせて小さく笑ったのには、戸惑った。

それは小松も同じだったようで、ぽかんとしながら辺りを見回している。

「二人していきなり笑ったけど、何かあったのか？」

いいえ、と清貴は首を横に振る。

「以前、この本坊の前で、大層な生臭坊主に出会ったのですが、その時のことを思い出したんですよ」

「生臭坊主て。そういうあんたは腹黒坊ちゃんやないか」

「否定はしませんが」

どうやら、ここは清貴と円生の出会いの地だったようだ。（※二巻を参照）

葵も思い出した様子で、ああ、と手を打つ。

「ホームズさんがご住職に『深窓の坊《ぼん》』と言われてしまった時ですね」

「えっ、なんやそれ」

と円生は思わず笑みを浮かべ、清貴は額に手を当てる。

その様子が可笑しく皆で笑いながら、水路閣へと向かう。

煉瓦《れんが》造りの水路閣は、まるでヨーロッパの観光遺跡を彷彿とさせる美しいアーチ橋だった。

「素敵ね……」

と、イーリンは水路閣を仰ぐ。

残念なのは空模様だ。今にも降り出しそうな曇天《どんてん》であり、それはイーリンの浮かない心情を現わしているようだった。

清貴は、父とリモート通話をし、その後、伯母たちに会う手筈を整えた。

清貴は一体、何を話すというのだろう？

「では、そろそろ行きましょうか」

清貴の声がして、イーリンは我に返り、そうね、と答える。


南禅寺の境内を出て、住宅地を歩きながら、小松がしみじみとつぶやいた。

「南禅寺近郊って、セレブの別荘が多いんだなぁ」

先を歩く清貴が、ええ、と答える。

「長者番付に載るような方々の別荘がちらほらありますね」

日本のトップ企業の保養所などもあるそうだ。

さらにここには、セレブに向けて邸宅の貸し出しを行っている不動産会社の物件もある。

今回伯母たちは、それを利用したのだという。

「ここですね」

と、清貴は、まるで寺の入口を思わせる門の前で足を止める。

この門の向こうに親戚がいると思うと、イーリンの足がすくんだ。インターホンを押そうとするが手が震えてしまい、思わず清貴を振り返る。

「あの、伯母たちは、私たちが来るのを了承しているのよね？」

念を押して問うたイーリンに、清貴は、ええ、と微笑む。

「ジウ氏とお話しさせていただき、ご姉妹《きょうだい》のお話も伺いたい旨を伝えたところ、『ぜひ、そうしてほしい』とジウ氏がアポイントを取ってくださったんです」

この話は既に聞いていることであり、そうよね、とイーリンは息を呑む。

「今日、あなたがここに来られるのはもちろんですが、アポイント自体は僕の名前で取っていただいています。ですので、インターホンは僕が押しますね」

そう言うと清貴は、躊躇せずにインターホンを鳴らした。

まるで待ち構えていたように門が開き、

「イーリン様、家頭様、お待ち、しておりました。どぞ、こちらへ」

現われた使用人が拙い日本語で言って、深々と頭を下げる。

門を潜った時には、ざーっと雨が降り始めていた。

＊

料亭みたいだな。

小松は屋敷を見回しながら思っていた。

この貸別荘は和風邸宅であるが、外国人の過ごしやすさを考えているようで、部屋を洋式に変えていた。

通された部屋も畳の上に絨毯《じゅうたん》が敷かれており、欧風のソファが並んでいる。

しかし、縁側の向こうに広がるのは完全なる日本庭園だ。紅葉が鮮やかに色付いているのが目に映る。雨音とともに、かこん、と鹿威《ししおど》しの音が響いた。

日本庭園は雨でも情緒があって良いと思わせてくれる。

使用人が皆の分のコーヒーを出した後、イーリンの伯母がにこりと目を細めた。

『実は私、あなた方にお会いするのは、今回が初めてじゃないのよ』

その言葉を受けて、清貴は、そうですね、と笑みを返す。

『上海のホテル「天地」でのパーティでお会いしましたね。僕はすぐにニューヨークに発《た》ってしまい、ちゃんと挨拶ができなかったのですが……』

あの時か、と小松は大きく相槌をうつ。（※十三巻を参照）

それにしても……と、小松は目だけで部屋を見回した。

今、この部屋に招かれているのは、小松、清貴、葵、円生、イーリン。

小松と清貴、葵とイーリンが二人掛けソファに並んで座っていて、円生はいつものように壁際に立っている。

そして、と小松はイーリンの親戚たちに視線を送る。

ジウ氏の姉の麗明は、目力から気の強さが窺える恰幅の良い中年女性だ。

麗明の夫の浩一は、白髪交じりの穏やかそうな中年男性だ。

ジウ氏の妹の珠蘭は、人の良さそうな小柄の中年女性だ。

夫の博文は、四十代ではあるが、そうは見えない童顔で人懐っこい雰囲気の男性だ。

彼らはそれぞれ、一人掛けソファにゆったりと腰を下ろしている。

『ジーフェイが、目を掛けているアーティストが訪ねてきてくれるなんて嬉しいわ。高宮邸でお会いして驚いたのだけど、あなた、髪を伸ばされたのね。いいわ、そっちの方がずっと素敵よ』

と、麗明は、円生に向かって微笑みかける。

小松は翻訳イヤホンを耳に入れているため聞き取れたが、円生は英語がよく分からないようで、眉間に皺を寄せる。

「髪を伸ばした今の方が、素敵だと言っていますよ」

すかさず、ざっくり翻訳した清貴に、円生は微かに肩をすくめる。

「そら、おおきに」

「あなたも翻訳イヤホンを使っては？」

「別に、あんたがこうして翻訳してくれたらそれでええし」

と、円生が素っ気なく返すと、清貴は麗明を見て、微笑んだ。

『彼はいつもあのように失礼な態度を取るのですが、実はとても照れ屋なんですよ』

その言葉に、芸術家ってそんなものよね、と皆は頬を緩ませる。

『ところで、私たちに訊きたいことがあるという話だけど……』

はい、と清貴は真面目な表情に切り替わる。

『ここにいる小松さんは、こう見えて優秀な探偵なんです。僕は時々助手を務めております』

はあ、と皆は揃って、興味がなさそうに小松の方を向いた。

小松はばつの悪い心持ちで、どうも、と会釈をした。

『このたび小松さんは、ジウ氏から特別な依頼を受けましてね、その調査で伺いました』

ジウ氏の名を持ち出すと、彼らの顔付きが変わった。微かな緊張と、ここで役に立っておかなければ、という気合が伝わってくる。

記録を取らせてもらいますね、と小松は独り言のように言って、鞄《かばん》からノートパソコンを出して、膝の上で開いた。

清貴は、小松の準備が整ったのを確認してから、さて、と本題に入る。

『ジウ氏は、かつて、ご自分がクーチンさんに贈った宝石を探しているそうで』

その言葉に、皆の表情が強張った。

イーリンは、えっ？　と眉間に皺を寄せる。

彼女にとっては初めて聞く話であり、戸惑ったようだが、何も言わなかった。

『えっ、義兄さんが、クーチンに宝石を？』

そう言ったのは、弟の博文だ。初耳だなぁ、と洩らして、みんなは知ってる？　と皆の方を向く。

あー、と麗明が額に手を当てた。

『そうね。クーチンは、アイリーがサンドロップを手に入れたのを見て、私も欲しいと言い出したのがきっかけなのよね』

そうそう、と珠蘭が続ける。

『それで私が兄さんに伝えたの。クーチンが宝石を欲しがっていますよ。贈ってはどうですかって』

『ああ、そういえば、そんなことを言っていましたね』

と、浩一が思い出したように首を縦に振った。

『それで、その宝石は贈られたのでしょうか？』

清貴の問いに親戚たちは、皆揃って首を横に振った。

『受け取る前に、クーチンは亡くなってしまったわ。愛人が身ごもったのを知って、大きなショックを受けたのよ。可哀相に』

麗明は語尾を強めて、鋭い眼差しをイーリンに向けた。

イーリンは居たたまれないようで、目を伏せる。

本人の前でそんなふうに言うなんて。

小松は苦々しく思いながら、イーリンを心配して視線を送ると、隣に座る葵がしっかりと手を握っていた。

『それが、いろいろとおかしいのですよ』

と、清貴は不思議そうに首を捻る。

『何がおかしいのかしら？』

『おかしなところは、大きくは三つあります。一つは、ジーリンさんの存在と妊娠の件です。先日、ジウ氏に伺ったところ、奥様はジーリンさんの妊娠を知っていたそうなんです。二人は既に離婚について話し合いを進めている最中だった。とはいえ彼女としても「私と婚姻期間中に他の女を孕ませるなんて信じられない。慰謝料はたっぷりもらうし、その子が男の子でも後継ぎがシュエンであることを忘れないで」と念を押していたとか』

親戚たちは戸惑ったように顔を見合わせた。

『でも、義兄さんは、クーチンの自殺はジーリンの妊娠にショックを受けたためだと認めていますよ？』

戸惑ったように言う博文に、そうですね、と清貴は答える。

『そのことについては、女性の気持ちや真意は分からないし、本当は深くショックを受けていたのかもしれない、とジウ氏は思っていたそうです』

そうよ、と麗明が前のめりになる。

『あの日、私たちは別荘で一緒だったんだけど、それはもう、すごい剣幕でジーフェイに電話をしてね。「あなたを絶対、許さない。今から死にます」って』

そうそう、と博文が神妙な顔で同意する。

『俺たちは、義姉さんを落ち着かせるのに必死だったんです』

そうでしたね、と珠蘭は目を伏せる。

『私もすぐに兄さんに連絡をして、なるべく早く来るように、と伝えました。ですが、今日中には難しいと言っていたんです』

浩一が顔をしかめながら相槌をうつ。

『それで、彼女はその後、一人にしてほしいと家を出ていって、そのままボートに乗ったようで……』

そしてクーチンは、湖に飛び込んだと言う。

その前に、と清貴が言う。

『おかしなところの二つ目です。その言葉、少し違っているんですよ』

どういうこと？　と皆は揃って険しい表情になる。

『ジウ氏に伺ったところ、「今から死にます」ではなく、「今から死んでやる！」と怒鳴っていたとか』

そんなの、と麗明が鼻で嗤った。

『同じことじゃない』

清貴は首を横に振った。

『「今から死にます」と「今から死んでやる」、内容は同じかもしれませんが、ニュアンスは随分違うように思えます。後者の方はかなりの怒りが籠っている。さらに実際は「信じられない、そこまで私を憎んでいたわけ？　絶対、許さない。お望み通り、今から死んでやる」と言っていたそうです。この言葉を告げられたジウ氏は実はなんのことか分からなかったと……』

親戚たちは、えっ、と洩らして、顔を見合わせた。

『「お望み通り」なんて言っていたかしら……』

戸惑ったように問う麗明に、言っていました、と珠蘭がうなずく。

『私はてっきり、兄さんが、「おまえの姿は見たくない」とでも言ったのだと』

俺もそう思ってた、と博文が洩らす。

『だとしても、ジーリンへの怒りで間違いがないと思う。その後、義姉さんはジーリンへの恨み言を言い続けていたし……』

『言葉のニュアンスが違うとして、それが何か？』

浩一が苛立ったように、清貴を睨んだ。

清貴は親指、人差し指、中指の三本を立てた。

『おかしなところの三つ目です。ジウ氏は奥様に宝石を贈る手配をしていたけれど、奥様がその宝石を受け取ることはなく、亡くなってしまったという話でしたが……、そもそもジウ氏は、奥様に宝石を贈ったおぼえがないというのです』

皆は、えっ、と大きく目を見開く。

『でも、彼女は、「ジーフェイに宝石を買ってもらえたの。もうすぐ届くから楽しみ」と言ってたわ』

珠蘭が戸惑ったように言うと、浩一が、そうだ、と思い出したように首を縦に振る。

『それは俺も聞いた覚えがある』

私もよ、と麗明が強くうなずいた。

では、と清貴は両手を合わせた。

『お話を整理しましょうか。クーチンさんは、アイリーがサンドロップを得たことで、羨ましくなり、自分も宝石が欲しいと言い出した。それで、珠蘭さんが、ジウ氏に「クーチンさんに宝石を買ってあげては」と提案した。その後、クーチンさんは、「買ってもらえることになった」と喜んでいた。これで間違いはないですね?』

皆は思い思いにうなずく。

宝石の件ですが、と清貴は鞄から資料を取り出した。

『クーチンさんに宝石を手配したバイヤーの調べがついたんです。そのバイヤーは、アイリーにサンドロップを売った人物でした。これはまぁ、よくある流れですよね。アイリーはなかなか手に入らない宝石を自分のものにしたわけで、アイリーに負けない宝石をとなった場合、そのバイヤーに頼むのが手っ取り早いわけですし』

それには納得したようで、皆は黙って相槌をうっている。

『これが、奇妙な縁なのですが、そのバイヤーは高宮さんの息子さんだったんですよ』

清貴がそう言うと、皆はぽかんとした。

『高宮って、この前の？』

『そうです。先日のパーティの主催者、高宮さんの息子さんが宝石バイヤーだったんです。しかし、息子さんは二十三年前に亡くなっています。それも、クーチンさんへ宝石を届けに行く途中、交通事故に遭ったそうで』

えっ、と皆は衝撃を受けた様子で、絶句する。

どうやら、高宮の息子のことについては、何も知らなかったようだ。

『息子さんは、宝石に関する台帳の他に、客との詳細なやりとりを記録した顧客帳も作っていたのですが、そこに依頼について書かれていました』

清貴はそう言うと、資料に目を落とし、んんっ、と喉を鳴らしてから、読み上げた。

『ジウ・ジーフェイからの依頼の詳細。

某年七月二十日。「妻へ贈るサンドロップ以上に珍しい宝石を頼みたい」とジウ氏本人から直接電話があった。支払いは納品後に行うとのこと。こちらは前金を希望したが、現物を見なければ支払えないとの一点張り。断ることもできたが、ジウ氏とはつながりを持っておきたいため、受けることにした。

長い電話の中で、彼の口から「実は妻と上手くいっていない」「本当は宝石なんて贈りたくない」といった言葉が出た。

自分も似た境遇のため、つい共感してしまう。

これは悪魔のタイミングかもしれない。ちょうど、とびきり珍しい宝石を入手したばかりだった。石の観察も済んだし、自分も早く手放したいと思っていた。彼にその宝石を提案すると、「それはいい」と乗り気な様子。行き先が決まって良かった。

家族を旅行に連れて行く約束をしているため、行き先をジウ氏の妻が滞在しているイタリアに決めた。相棒も行きたがるだろうが、留守を任せることにする』

清貴はそこまで読み上げて、補足した。

『相棒というのは、もう一人のバイヤーですね。彼は、高宮氏の会社の取締役を務めていたので、相棒と二人で組んでやっていたそうです』

さて、と清貴は顔を上げる。

『この依頼の件をジウ氏に伺ったところ、「身に覚えがない」と仰いました。ジウ氏はこのような電話をしていないそうです』

その言葉に、珠蘭は目を泳がせ、博文は眉間に皺をよせ、浩一は目を見開き、麗明は小首を傾げて口を開いた。

『それって、誰かがジーフェイになりすまして、バイヤーに注文したってこと？』

そういうことですね、と清貴は首を縦に振る。

『誰かがジウ氏の名を騙《かた》って、宝石を依頼した。夫婦間のことまで知っているわけですから、随分、内情に詳しい人物でしょう』

『でも、それがなんだと言うの？』

『そうだ、なんの関係がある？』

麗明と浩一が苛立ったように言う。

『それが大いに関係があるんです。今回の核となるのは、その「珍しい宝石」です』

そう言った清貴に、珠蘭が静かに問うた。

『その宝石というのは？』

『ブラック・オルロフです』

名前を聞いても、皆はピンと来ていない様子だ。

顔をしかめたり、小首を傾げたりしている。

小松も最初、その名を聞いても分からなかったので深く共感した。

『ブラック・オルロフは、元々ロシアの王族の許にあったのですが、所有者を次々に自殺に追い込んだという謂《いわ》れがある……まぁ簡単に説明すると、「呪いのブラック・ダイヤモンド」ですね。宝石好きな方の間では、有名な話だとか』

はっ、と麗明が嘲笑する。

『そんなの迷信でしょう？』

『そうですね。真意はさておき、大事なのは、それを信じている者がいるということです』

ここからは僕の想像ですが、と清貴は前置きをして、話を続けた。

『クーチンさんは、自分の許に珍しい宝石が届くのを心待ちにしていた。彼女はどんな宝石が届くか待ちきれず、バイヤーに連絡をした。その電話を受けたのは高宮さんの息子さんではなく相棒だった。というのも、高宮さんの息子さんは既にその宝石を持ったうえで空港に向かっていたからです。電話を受けた相棒は台帳を確認し、その宝石がブラック・オルロフだと伝えてしまう――』

イーリンと葵が、真っ青な顔で、口に手を当てた。

『離婚秒読みとはいえ、夫が呪いの宝石を自分に贈ろうとしていたとクーチンさんは思ってしまいます。それは、激昂もするでしょう。その怒りに任せて「死んでやる」と言った……』

清貴の話が終わった時、部屋がシンと静まり返っていた。

それじゃあ、と麗明が瞳を揺らす。

『クーチンは、ジーリンのことで胸を痛めて死んだのではないの？』

『違うでしょうね。もっと言うと、あの「死んでやる」も本気ではないように思えます。本当にただの脅し、当てつけだったのではないでしょうか』

と、清貴はあっさりそう言って、麗明を見返した。

『ところでクーチンさんがジーリンさんのことを散々に言っていたと博文さんが仰っていましたが、麗明さんにお伺いいたします。あなたはその言葉を直接、クーチンさんの口から聞いたことがありますか？　人づてではなく、自分の耳で』

麗明は過去を思い返すように眉間に皺を寄せる。

『……いえ、そういえば、ないわ』

『では、なぜ、文句を言っていたように感じていたのでしょう？』

『それは……その……博文とかが……』

麗明は口ごもる。

そんなことより、と浩一が前のめりになった。

『ジーフェイの名を騙り、宝石を依頼した人物は誰なんだ。そしてその目的は？　まさか本気で呪い殺せると思ってやったことだとでも？』

『たしかにそうよね』

と、珠蘭も強くうなずき、皆も同感とばかりに息を呑んだ。

『これまで集めた情報からの勝手な想像ですが、僕の見解を伝えても良いでしょうか?』

清貴の問いかけに、皆は思い思いにうなずく。

では、と清貴は口を開いた。

『皆さんは女帝のように振る舞っていたクーチンさんを嫌い、疎ましく思っていた。ですが、いざ離婚となれば、困るわけです。多額の慰謝料や養育費を要求するであろうことは目に見えている。ですから、皆さんは、二人が離婚しない方向に持っていこうと考えた。

麗明さんは、クーチンさんと親しくなることで、離婚を阻止しようとした。最初は打算から仲良くなることを試みた麗明さんですが、そのうちに本当にクーチンさんを慕うようになったようですね。イーリンさんへの当たりの強さがそれを表わしています。

珠蘭さんは、ジウ氏とクーチンさんの仲を修復させたいと、アイリーに負けない宝石を買うようジウ氏に伝えた。しかし、ジウ氏にその気がなかった。ジウ氏としては、もう離婚間近の相手に宝石を贈ることに違和感があったのでしょう。それで珠蘭さんは、夫である博文さんにジウ氏の代わりに「珍しい宝石」を注文するよう、進言する。

博文さんは、珠蘭さんが調べた宝石バイヤーに、ジウ氏の振りをして電話を掛ける。ですが、博文さんも乗り気ではなかった。

「どうしてあんな女のために宝石を買わなければいけないんだ」という気持ちが言葉に出

てしまう。するとバイヤーから「それなら、とびきり珍しい宝石がありますよ。所有者を死に追いやる呪いのダイヤ、ブラック・オルロフです」と伝えられる。ちなみに、ブラック・オルロフ以外のブラック・ダイヤモンドに呪いはありません。ですので贈っても分からないでしょう、と補足もされたかもしれません。博文さんは、それはいい、と喜んで注文した――これが、僕が考える一連の流れです』

皆は黙り込み、イーリンは虚を突かれたように大きく目を見開いている。

博文は、顔を引きつらせて笑った。

『いや、そんな。どうして俺が……証拠は？』

『今となっては、証拠はありませんが、あなたは少し前に確実に嘘をついています。僕が先ほど、ジウ氏がクーチンさんに宝石を贈った話をした時、寝耳に水とばかりに驚いた様子を見せていたのに、その宝石を彼女が受け取ったのかと問うた時、あなたは首を横に振っていた』

小松は、相変わらずよく見ている、と密かに感心する。

『そうだったかな。だとしたら、みんなにつられたんじゃないか？』

博文は大袈裟に肩をすくめて見せた。

そうかもしれませんね、と清貴は微笑む。

『それに、「クーチンがジーリンの悪口を散々言っていた」と吹聴したのは、あなたでしょう？　実際僕の前でも「義姉さんはジーリンへの恨み言を言い続けていた」と仰っていました。あなたが皆にクーチンさんがジーリンを憎んでいたという刷り込みをしたわけです』

博文は、ははっ、と顔を引きつらせて笑う。

『もしそうだとして、それがなんなんだ？　俺が義兄さんを装って義姉さんに宝石を贈る手配をしたり、義姉さんがジーリンの悪口を言っていたと周囲の人に話したりするのは、何か問題が？』

清貴はにこりと口角を上げる。

『ここまでは悪質なくらいで問題はありません。ただ、あなたはどうも、人の感情をコントロールできる方のようですね。離婚秒読みとはいえ、自分のおかげで出世した夫に呪いの宝石を贈られたと知り、激昂したクーチンさんに「義兄さんに死んでやるって、連絡しなよ」と進言したのはあなたではないですか？「その方が慰謝料が跳ね上がるよ」とそそのかしたのかもしれません。さらにその後、クーチンさんにたっぷりお酒を飲ませたうえで、「義兄さんを反省させるために」とボートに乗るように勧めた可能性も……』

『いい加減にしろ、妄想が過ぎる！』

博文が立ち上がり、テーブルを叩きつけた。

カップが倒れて、テーブルの上にコーヒーが零れたため、使用人が慌てて片付けに駆け付ける。

『義姉さんは、勝手に怒って、大酒をくらって、一人で別荘を出て行ったんだ。俺は関係ない！』

『そうよ、クーチンは一人で出て行ったのよ』

強い口調で言う博文と麗明に、

『失礼しました』

と、清貴は悪びれずに頭を下げる。

肩を揺らして興奮する博文の隣で、珠蘭が顔色を失くしていた。

『おや、珠蘭さん、どうされました？』

珠蘭の体がびくっと震えた。

『もしかして、クーチンさんは一人で出て行ったのではない可能性があるのでしょうか？』

珠蘭は清貴の視線から逃れるように目を伏せた。

『珠蘭さん、イーリンさんにとって伏魔殿とも言えるなか、あなただけはイーリンさんに親切だったそうですね』

清貴の問いかけに、珠蘭は俯いたまま、そっと口を開いた。

『イーリンが不憫だったからで……』

『そうでしょうね。そして罪悪感もあったのではないですか？　あなたはクーチンさんの死の理由がジーリンさんの妊娠ではないことを知っていましたし、何よりクーチンさんが家を出て行った同じ時間、博文さんの姿もなかったのを知っていた――』

いい加減にしろ、と博文が、清貴の胸倉をつかもうと詰め寄った時、

『僕からの報告は、以上です』

清貴はそう言うと小松の膝の上にあったノートパソコンを手に取り、くるりとひっくり返して、ディスプレイを皆に見せた。

画面には、ジウ氏と息子のシュエンの姿が映っている。

皆は絶句し、博文はのけ反った。

イーリンもジウ氏とつながっていたことに気付いていなかったようで、言葉を失くしている。

ジウ氏は大きく息をついて、おもむろに口を開く。

『清貴君、ありがとう。義弟が失礼を働こうとして申し訳ない』

『いえ、先に失礼を働いたのは僕ですので』

『君は人を怒らせて、本質を炙《あぶ》り出す人間のようだな』

ジウ氏の言葉に、清貴は微かに肩をすくめる。

『いえいえ、そんな。こんなことはあまりしないんですよ』

そうだろうか、と小松が思った瞬間、円生と目が合った。

そして、とジウ氏の声のトーンが低くなった。

『博文……この件に関しては、しっかりと調査させてもらう』

『義兄さん、あの、違うんだ。僕の話を聞いてほしい……』

『今は、おまえの話など聞きたくはない！』

強い口調に博文は後退りし、膝から崩れ落ちる。

ジウ氏は小さく息をつき、イーリン、と囁いた。

清貴は画面をイーリンの方に向ける。

『お父様……』

イーリンの声が上ずっていた。

『クーチン亡き後、親族はジーリンが身ごもったせいで彼女は自殺したと声を揃えた。ジーリンは、「もうあなたの側にはいられないから、子どもを連れて田舎に帰る」と言った。わたしがどんなに止めても彼女の決意は固かった。せめて、子どもだけはとわたしが引き取らせてもらった』

　イーリンは黙って相槌をうつ。

『彼女は元々、父親を早くに亡くしたことで貧しく、母親に仕送りをしていたほどだった。わたしはせめてもと思い、おまえのナニーとして彼女の母親を雇ったんだ』

　えっ、とイーリンは弾かれたように顔を上げる。

『ジーファが、私のお祖母様……？』

　そうだ、とジウ氏は首を縦に振る。

『ただ、ジーリンは自分の母親に、決して祖母だと明かさぬよう強く言ったそうだよ。わたしは彼女を今も陰ながら支えているし、彼女も自分の母親を通じて、常におまえを気に掛けている』

　イーリンの体が小刻みに震えていた。

　ジウ氏の隣にいた、イーリンの異母兄・シュエンが、おずおずと顔を出し、目を伏せた。

『何も知らなかったとはいえ……悪かった』

『兄さん……』

　と、イーリンは口に手を当てた。

『わたしからも謝りたい。イーリンには長い間、つらい思いをさせてしまった。上の娘たちにもちゃんと伝えておく。本当に申し訳なかった』

イーリンは、そんな、と首を横に振る。

『今後、イーリンを不当に貶《おとし》める者がいたら、この家にいられないものだと思うように』

ジウ氏の強い言葉を受けて、親族たちは身を縮ませる。

イーリンは目に涙を滲ませ、うっ、と嗚咽《おえつ》を洩らし、その隣で葵が、もらい泣きをしながら、イーリンの背中を優しく摩っていた。

＊

親戚との話し合いは終わり、清貴、葵、イーリンは別荘を出て、蹴上《けあげ》駅に向かって歩いていた。小松と円生は、円生のバイクで祇園に帰っていった。

もう雨は上がっていて、太陽は西に傾き、空は橙色に染まっている。

「……そういえば、どうして私に高宮さんの宝石を調べるよう、言ったのかしら」

イーリンは、今になって父からの依頼を振り返り、ぽつりと洩らした。

そのことですが、と清貴が口を開く。

「ジウ氏は、高宮さんが円生の絵を購入したことで、高宮さんに興味を抱きまして、彼について調べたそうです。そうしたら彼の息子が宝石バイヤーであり、二十三年前に亡くなっているこことを知った。ジウ氏はアイリーから、クーチンが『夫に珍しい宝石を買ってもらう』と言っていたことを聞いていたため、何かひっかかっていたそうです」

「そういうことだったのね。なんだか、奇妙な夢を見ていたみたい……」

父の正妻は、自分のせいで命を断ったと信じてきたのだ。

それが実はそうではなかっただけではなく、他殺の疑いまである。

さらに、慕ってきたナニーが、自分の実の祖母だったとは……。

イーリンが、ふぅ、と息をついて目を伏せた時、葵が振り返った。

「お腹がすきましたね。みんなで何か食べに行きましょうか」

わっ、とイーリンは頬を赤らめる。

「嬉しいわ、ぜひ」

「それじゃあ、今日こそイーリンさんの歓迎会を!……と思ったんですが、気が付けば、イーリンさんのバイト期間、もうすぐ終わりですね」

葵はしょぼんとして言う。

そう、大学院が始まるまでの一か月間という約束だ。

九月ももう終わってしまう。

「それじゃあ、『足洗い』をお願いしたいわ」

イーリンがそう言うと、葵はぷっと笑った。

「足洗い、いいですね」

では、と清貴がポケットからスマホを出す。

「先に帰ったあの二人にも連絡を取りましょう。イーリンさんは何を食べたいですか？」

「お二人にお任せする……と言いたいけど、またモツ鍋を」

「では、モツ鍋にしましょう」

そんな話をしながら『ねじりまんぽ』という隧道《ずいどう》を通り、抜けたところで、わぁ、と葵が声を上げた。なんだろう、とイーリンも顔を上げると、空に大きな虹が架かっている。

「綺麗な虹……」

うっとりと洩らした葵に、イーリンも、本当ね、とうなずく。

イーリンがぼんやりと虹を見ていると、葵が手を取った。

「さあ、行きましょう」

橙色の空に架かる虹は今までの自分を労い、これからの自分の前途を祝しているようであり、イーリンは胸を熱くさせながら、ええ、と微笑んだ。

エピローグ

「一か月間、お世話になりました。とても勉強になり、人生観が変わった濃い時間でした。本当にありがとうございました」

九月末。柱時計がボーンと七回鳴って、午後七時を知らせた時、イーリンは深々とお辞儀をした。

「一か月間、お疲れ様でした」

「こちらこそ、いろいろありがとうございました」

と、清貴と葵が、頭を下げる。

「いやはや、おかげで随分、楽をさせてもらいましたよ。ありがとうございます」

最後にそう言ったのは、店長の家頭武史だ。彼ははにかみながら、自分の頭を撫でている。作家でもある彼は、イーリンがバイトに入ったことで、執筆に集中できたそうだ。

お役に立てて嬉しいです、とイーリンは笑う。

「そうだ、イーリンさん、今日はこの後、大丈夫なんですよね？」

念を押すように訊ねる葵に、ええ、とうなずいた。

今宵は、送別会を開いてくれるのだという。どんなものを食べたいかと問われた時、イーリンは飲食店に行くのではなく、この『蔵』で過ごしたいと答えた。

ちょっとしたつまみで、一杯くらい乾杯できればと考えていたのだが、葵と清貴は手を洗ってから、テーブルに重箱を出し始めた。

「えっ、それは？」

「葵さんと二人で作ったんです」

「あっ、私はおにぎりと卵焼きだけなんですが」

清貴と葵は、そう言って重箱を広げていく。

中には、から揚げ、ハンバーグ、エビフライ、卵焼き、タコ形のウインナー、温野菜、一口サイズのおにぎりにサンドイッチなどが詰まっている。

ええっ、とイーリンが驚いていると、カラン、とドアベルが鳴って扉が開いた。

閉店作業は済ませているはずなのに、とイーリンが驚いて振り返ると、そこには、小松と円生の姿があった。

小松はシャンパンのボトルを、円生は真っ赤な薔薇の花束を手にしている。

イーリンが、さらに目を大きく見開くと、

「あっ、これは、ホームズはんと葵はんからやで。俺は頼まれて取ってきただけや」

視線を感じたのだろう、円生がさらりと言った。

イーリンが微笑みながらうなずいていると、小松が円生の背中をポンッと叩く。

「おっ、せっかくだから、そのまま円生から渡したらどうだ？」

「なんで俺からやねん。一緒に働いた葵はんからやろ」

と、円生は、少しぶっきらぼうに葵に花束を手渡した。

葵は、では、とそれを受け取って、イーリンの前に立つ。

「あらためてイーリンさん、一か月間ありがとうございました」

「……ありがとう」

イーリンは目頭が熱くなるのを感じながら、花束を受け取った。

「そうそう、人手不足の時は、また手伝いをお願いしても良いですか？」

そう言う清貴に、喜んで、とイーリンは笑みを返す。

それじゃあ、と葵が皆に向かって呼びかけた。

「皆さん手を洗ってから座ってください。乾杯しましょう」

やっぱりお母さんみたいだ、とイーリンは頬を緩ませながら、給湯室に向かった。

清貴と葵、イーリンと円生がソファに並んで座り、小松と店長はカウンター前の椅子に座った。

全員が着席したのを確認した清貴は立ち上がってシャンパンの栓を開け、皆のグラスに注いでいく。

その姿がとてもスマートであり、彼は本当に絵になる男だ、とイーリンはあらためて思う。

皆のグラスにシャンパンが注がれ、清貴は合図のように葵に視線を移した。

葵は気恥ずかしそうにしながらも、それでは、とグラスを手にする。

「イーリンさん、お疲れ様でした。大学生活も楽しんでください。乾杯」

乾杯、と皆でグラスを掲げる。

イーリンは、シャンパンを一口飲んだ後、葵が作ったという小さなおにぎりに手を伸ばす。驚いたことに、清貴と円生も最初におにぎりを確保していた。

イーリンは小さく笑って、おにぎりを口に運ぶ。

五目炊き込みご飯のおにぎりだった。

「美味しいです、葵さん」

「葵さん、美味しいわ」

一瞬早く清貴に言われて、イーリンは少しの悔しさを感じていると、

「そうそう、訊きたかったんだよ」

と、小松が思い出したように清貴を見た。

「なんでしょう？」

「例の呪いの宝石……ブラック・オルロフは今どこにあるんだ？」

小松の問いに、皆は思わず手を止めて、清貴に注目した。

これはここだけの話に留めてほしいのですが、と清貴は前置きをして、話を続けた。

「僕も気になりまして、後日伺ったところ、高宮さんが所有しているそうです」

その言葉に、ええっ、と皆は声を揃えた。

「高宮さん、大丈夫なんでしょうか？」

心配する葵に、清貴は小さく笑った。

「もう二十三年所有しているので、大丈夫なんでしょうね」

「じいさん、呪いのダイヤやて分かってるんやろか」

と、円生が苦笑する。

「高宮さんは、呪いのダイヤと知ったうえで、自分が所有することを決めたと言っていました。その際に『自分はすべてを失くした人間だ。冥府に連れて行くなら、連れて行くがいい』という気持ちでいたと。宝石は持ち主を選ぶと言いますから、きっとブラック・オルロフは高宮さんを所有者として認めたのでしょうね」

イーリンは、高宮とダンスをした時のことを思い返した。

たしかにあの時、彼は『宝石は持ち主を選ぶ』と言っていたのだ。

その言葉に説得力があったのは、彼が選ばれし者だったからなのかもしれない。

「自分が所有してると知られたら、興味本位で欲しがる人間が出てくるでしょうし、いたずらに被害者を増やしたくなく、公にはしていないそうです」

清貴の言葉を聞き、葵は、そうでしょうね、と相槌をうち、恐る恐るといった様子で訊ねた。

「……ホームズさんは、その宝石、見たんですか？」

「いえ、見せてはくれませんでした」

「えっ、もしかして、ホームズさん、見せてもらおうとしたんですか？」

はい、と清貴はあっさりうなずく。

「そんな力のある宝石、お目にかかる機会があるのでしたら、見てみたいじゃないですか」

「だ、駄目ですよ。ホームズさんに何かあったらどうするんですか」

「所有者ではないので、大丈夫ですよ」

そんなふうにワイワイやりとりをしている清貴と葵を見て、イーリンは頬を緩ませ、

「隙あらばイチャイチャやな」

イーリンの隣では、円生が呆れたように洩らしていた。

その後、清貴と葵がデザートを用意すると言って席を立った時、イーリンは円生の方を向き、会釈した。

「あの、今日は、ありがとう」

別に、と円生は肩をすくめる。

「俺は、ただ酒飲みにきただけやし」

その言葉にイーリンは小さく笑い、小声で囁く。

「私、今回のことを経て、なぜあなたを好きになったのか分かったの」

円生は何も言わずに視線を合わせる。

「私はずっと孤独だったから……あなたが内側に抱えている孤独感にどうしようもなく惹きつけられた。自分のこと、分かってもらえるんじゃないかって思ったのよね」

イーリンはそう言ってはにかんだ。

「だけど一連のことを経て、自分は孤独じゃなかったことに気付けた。自分を気に掛けてくれていた人がちゃんといたんだって……」

イーリンは父に真実を伝えられた後、ナニーに連絡を取った。

『本当は、私のお祖母様だったのね。今までありがとう』

と、伝えると、彼女は電話の向こうで泣いていた。

『ジーリンは、ずっとあなたを気に掛けているのよ』

掠れた声で言った祖母の言葉に、イーリンは涙が止まらなかった。

落ち着いたら、三人で会おう。

そう約束して、電話を切った。

「良かったやん」

ええ、とイーリンは頬を赤らめる。

「私が京都に来た目的のひとつは……あなたにぶつかって、玉砕するためだったの。しっかり振られて、前に進もうって」

そう、イーリンは振られる覚悟を決めて、来日した。

葵のことを知りたかったのは、彼女の魅力に触れることで、徹底的に打ちのめされたかったからだ。最初は、葵を良い子だと思いつつも、清貴や円生に愛される理由が分からず、やきもきしたが、今は彼女の魅力を存分に知っている。

葵は、とても温かく、包んでくれるのだ。

そして、その魅力を知ったとしても、打ちのめされたような気持ちにはならない。

自分もそうありたいと思わせるのも、葵の素敵なところだろう。

「ほんで、今はちゃうん？」

「ええ。今は、自分の気持ちが分からなくなってしまって……とりあえず、ゆっくり自分の心を整理したいと思っている。だから、その、ごめんなさい」

と、イーリンは頭を下げ、円生がぱちりと目を瞬かせる。

「はっ？　なんで俺が振られたみたいになってるん？」

「そうじゃなくて、あの、付きまとってごめんなさいという意味で……」

「ま、別にええけど」

円生は、やれやれ、と腰に手を当てた。

「あなたは、自分の気持ちに整理がついたのかしら？」

イーリンが問うと、円生は、給湯室の中にいる清貴と葵の方に視線を向けて、眩しそうに目を細めた。

「俺もあんたと同じじゃな。整理はこれからや」

そう、とイーリンは相槌をうつ。

「私ね、葵さんみたいなお母さんがほしいと思ってしまったの。もしかして、あなたも同じように考えていたりして？」

後半は冗談めかして言うと、円生は動きを止めて、大きく目を見開いた。

彼の思いもしない反応に、イーリンは戸惑った。

「えっと、どうかした？」

円生は我に返った様子で、なんでもあらへん、と苦笑する。

その時、給湯室から、清貴と葵が出てきた。

清貴は大きなホールケーキを、葵は皿を手にしていた。

ケーキには火が付いたロウソクが立てられていて、中央に『ハッピーバースデー・イーリン』と入ったチョコプレートが載っていた。

「遅ればせかもしれませんが」

と、葵がいたずらっぽく笑って言う。

イーリンは戸惑いから、思わず立ち上がる。

「えっ、どうして？」

清貴はテーブルの上にケーキを置き、ほら、と人差し指を立てた。

「以前、上海のホテルであなたの誕生日を祝っていたじゃないですか。ちょうど九月末でしたので、近いのではないかと思いまして」

「イーリンさん、誕生日おめでとうございます」

そう、自分は先日、誕生日を迎えていた。

その時にナニーと電話ができたので、幸せな誕生日だと思っていたのだ。

まさか、こんなふうに祝ってもらえるとは思わず、イーリンの目に涙が滲んだ。

「ありがとう。なんだか、清貴さんと葵さん、お父さんとお母さんみたい」

そう言うと清貴と葵は、互いに顔を見合わせた後、小さく笑う。

「それじゃあ、イーリンさん、願いごとをしながらロウソクの火を吹き消してください」

イーリンは目頭を指で押さえて、うなずく。

これまでずっと、自分のことを後回しにしてきた。

萎縮してきた人生だった。

これからは、もう少し自分を大切に生きていきたい。

――素敵な仲間と一緒に。

イーリンはそんな想いを込めて、息を吹きかけロウソクの火を消す。

皆が拍手をする中、イーリンは祈るような気持ちで、ありがとう、とはにかんだ。

＊

暦は十月になり、京の町はますますの賑わいを見せているが、骨董品店『蔵』は、相変わらずのんびりしている。

イーリンさんがいなくなったことで、店は主に店長がいて、私、真城葵と利休くんが代わる代わるバイトに入り、今日のような土日にはホームズさんもいるという以前の状態に戻った。

本棚を整理していた私は作業の手を止めて、カウンターの上に並べた美術本に目を落とす。

これらの本は、イーリンさんに見てもらおうと二階の倉庫から持ち出したものだ。

「イーリンさんがいなくなって、やっぱり寂しいですねぇ」

そうですね、とホームズさんが微笑む。

「葵さんにとって、初めての後輩ですしね」

「はい。たった一か月ですけど、いなくなられると喪失感が強くて」

とても密度が濃い時間だったから、なおさらだろう。

それに、と私は続ける。

「短い間ですが、イーリンさんがいろいろなことを吸収してくださっていたのが、私としても楽しかったです」

つい、あれもこれもと私も張り切ってしまっていた。

「そうですね。僕としては短い期間に、あなたがあまりに皆をたらし込むので、不安が募るばかりでしたよ」

えっ、と私は訊き返す。

「たらし込むって、イーリンさんをですか?」

「そうです。彼女まで梓沙さんのようになってしまったら、と」

「そんな、梓沙さんとは女の子同士じゃないですか」

私が苦笑すると、ホームズさんはグッと拳を握る。

「僕は、しっかり男女平等に警戒いたしますので」

その時、カラン、とドアベルが鳴るとともに、扉が開いた。

「こんにちは」

と、顔を出したのは高校時代からの親友・宮下《みやした》香織《かおり》だ。

「わあ、香織」

「いらっしゃいませ、香織さん」

香織はいたずらっぽく笑って、両手を合わせる。

「これから春彦さんと映画を観に行くんやけど、待ち合わせよりもはよ着いてしもて。休憩させてもろてええ？」

「もちろん、座って」

「それでは、僕たちも休憩にしましょうか」

ホームズさんはにこやかに微笑んで、給湯室に入っていった。

「あっ、手伝いますよ」

私も給湯室に入ると、ホームズさんは首を横に振る。

「僕だけで大丈夫ですよ」

「さっきの話の続きで訊きたかったのですが、もしかして、香織にも警戒を？」

「いえ、香織さんは、どんなに仲良くされても大丈夫です」

「えっ、そこの違いが分からないんですが」

「違いはですね」

と、ホームズさんは自分の胸の中心に人差し指を当てた。

「ここに仄暗いものを飼っているか否かですよ」

「仄暗いもの？」

「ええ、ここにそうしたものを飼っている人間は、あなたの温かさに引き寄せられるんです」

「香織には、そういうのがないと？　香織は香織で、辛い過去とかいろいろあったと思うんですが」

「ええ。この仄暗いものはおそらく『過去の経験』だけではなく、そもそも、『当人の資質』だと思うんです。香織さんはそうしたものとは無縁なようなので」

よく分からない、と私が顔をしかめていると、再びカランとドアベルの音がした。

不思議なもので、この店は来客が重なりやすい。

「いらっしゃいませ」

私が慌てて給湯室から出ると、そこにはイーリンさんの姿があった。

「こんにちは、また壬生寺へ行ってきたの。それで、美味しいお菓子を見付けたから一緒に食べられたらって」

と、イーリンさんははにかんで、紙袋の中から菓子折りを出す。

ありがとうございます、と私は菓子折りを受け取った。

「ちょうど休憩にしようと話していたところなんです。座ってください。こちらは、私の高校時代からの友達の宮下香織さんです。そして香織、こちらは話していた、ジウ・イーリンさん」

私が紹介すると、香織とイーリンさんは、はじめまして、と遠慮がちに会釈をする。

やがて、カウンターの上にコーヒーとお菓子とおしぼりが並んだ。

イーリンさんのお土産は、『京ちゃふれ』という『京都鶴屋 鶴壽庵』さんのお菓子だった。宇治抹茶を使用した生地に抹茶チョコレートをサンドしている、しっとりやわらかな生サブレだという。

「わっ、これ美味しいですね」

「めちゃ癖になるやつや」

「本当ですね」

私、香織、ホームズさんがそう言うと、イーリンさんは嬉しそうに首を縦に振った。

「そうでしょう。今度の休みにジーファ……祖母と母に会いに行くのに、『屯所餅』や『阿闍梨餅』をお土産に買って行きたかったんだけど、どちらも日持ちがしないと聞いて、『京都鶴屋 鶴壽庵』さんで日持ちする人気のお菓子を聞いてみたの。そしたら、このお菓子を勧めてくれて。試食させてもらったら、本当に美味しくて。これはみんなで食べたいと思って」

本当に美味しいです、と私は首を縦に振る。

「イーリンさん、お母さんに会えるんですね。良かった」

はい、と彼女は顔を赤らめながらうなずいた。

「皆さんのおかげです。本当にありがとうございます」

それにしても、とホームズさんは頰を緩ませる。

「今も壬生寺に通われているとは、あなたもすっかり、新選組に嵌りましたよね」

ええ、とイーリンはにこやかに答える。

「今回のことを経て、私はどうして新選組に嵌ったのか、分かった気がしたの。私はずっと自分を抑えて生きてきたから、まっすぐに突き進む彼らのひたむきさや燃え滾るような熱い想いが眩しかったんだと思う。そしてそれは今も変わらなくてね……大学でも、新選組好きを探したいと思っているの」

イーリンさんがそう言った時、あっ、と香織が声を上げた。

「うち、新選組、大好きや」

えっ、とイーリンさんは弾かれたように、香織の方を向く。

そやけど、と香織は肩をすくめた。

「アニメからファンになったにわかやけど」

「わ、私もなの。あのアニメでは誰が好き？」

「沖田総司くん一択」

「私は土方さん」

「あー、たしかに土方さんもカッコええ。寺田屋のシーン、ゾクゾクしたし」

「そうよね、そうよね」

わいわいと盛り上がる二人に、私とホームズさんは顔を見合わせて、ふふっと笑う。

「ところで、イーリンさん。市片松之助さんの南座の公演には行ったんですか？」

ホームズさんに問われて、彼女は我に返ったように、まだです、と首を横に振った。

「これまで気持ちに余裕がなかったんですが、公演は来月末までなので、期間中には行きたいと思ってまして……」

そこまで言ってイーリンさんは、ちらりと私と香織を見た。

「もし良かったら葵さん、香織さん、一緒に行ってもらえると」

喜んで、と私が笑顔で答える横で、香織はぱちりと目を瞬かせる。

「えっ、うちもええの？」

「はい、ぜひ。私、チケット二枚もらっていますし」

「そして、私もチケットもらっているから」

イーリンさんと私がそう言うと、香織が顔を明るくさせた。

「わっ、それなら、遠慮なく。松之助さんの舞台、楽しみや」

今度は三人でわいわい盛り上がっている前で、ホームズさんはにこにこ微笑んでいる。

「あっ、ホームズさんもチケットもらっていますし、ご一緒しますか？」

私が提案すると、ホームズさんは首を横に振った。

「せっかくですから、女性だけで楽しんでください。僕はそうですね、ひねくれ坊主でも誘おうと思います」

ひねくれ坊主……それは、円生のことだろう。

香織もイーリンさんも誰のことを言っているか分かったようで、私たちは顔を見合わせて笑い合う。

かつての険悪さを知る私としては、どこか不思議で感慨深く、何より嬉しい。

人との関係は、良くも悪くも変化していくものだ。

犬猿の仲だった二人が、こうして手を取り合うこともある。その一方で、ちょっとした行き違いで断絶してしまうこともある。

きっとホームズさんはそのことをよく知っているから、『言葉』をとても大切に、重きを置いている。

だからこそ、私に対して常に努力してくれているのだろう。
カウンターの裏に積まれた結婚情報誌に目を向けて、私は幸せな気持ちで微笑んだ。

あとがき

いつもご愛読ありがとうございます、望月麻衣です。

京都寺町三条のホームズ、ついに二十一巻です！

二十巻で完結と思ってくださった方もいらっしゃったようですが（完結風な展開でしたが）、まだ続いております。

今巻は二十巻の数日後、九月からの一か月間の出来事です。なんと、主人公である葵視点が、プロローグとエピローグのラストのみ。バイトに来たイーリンをはじめ、小松、円生などの視点で書いております。というのも、いつもとは違う視点を感じていただきたかったのと、イーリンと同様に『蔵』でバイトをする疑似体験をしていただけたら、という気持ちもあったりします。

また、シリーズの復習のように、志野茶碗や着物のことなどにも触れてみました。

長く続いているシリーズということもあってか、この作品を書いている時は実家に戻ってきたようで、ホッとしたり、やっぱりキャラクターがみんなそれぞれ大好きだなぁ、としみじみ思ったりします。そして今巻は、過去のエピソードに触れる際には、参考に巻数を入れさせていただきました。ご了承ください。

毎度、「もうネタなんてないよ！」と書く前は泣きたくなるのですが、お話を決めて書き始めると、やっぱりこの作品が大好きで、書ける状況であるうちは書いていけたら良いな、としみじみ思いました。

今回の舞台として書かせていただいた、『壬生寺』、『八木邸』、『京都 清宗根付館』、それぞれ取材に伺い、『京都 清宗根付館』は一般見学者として拝観させていただき、『壬生寺』、『八木邸』は大丸京都店の谷口様（※十巻を参照）のご縁で壬生寺貫主の松浦様、八木邸の八木様をご紹介していただきまして、直接お話を伺うことができました。谷口様、松浦様、八木様、本当にありがとうございました。

最後にあらためてお礼を伝えさせてください。

いつも素晴らしいイラストを描いてくださるヤマウチシズ先生、ありがとうございます。今回の口絵の清貴はヤマウ先生が私の十周年のお祝いにと描き下ろしてくださった一枚です。あまりに素敵だったので口絵にしていただきました。そして応援してくださる皆様のおかげで、本シリーズは二十一巻まで刊行することができました。本作に関わるすべての方とのご縁に心から感謝申し上げます。

本当にありがとうございました。

望月　麻衣

参考文献など

中島誠之助『ニセモノはなぜ、人を騙すのか?』(角川書店)
中島誠之助『中島誠之助のやきもの鑑定』(双葉社)
ジュディス・ミラー『西洋骨董鑑定の教科書』(パイ インターナショナル)
出川直樹『古磁器 真贋鑑定と鑑賞』(講談社)
ジェフリー・エドワード・ポスト(著)甲斐理恵子(翻訳)『スミソニアン宝石コレクション 世界の宝石文化史図鑑』(原書房)
日本根付研究会『根付=凝縮された江戸文化』(美術出版社)
提物屋(https://www.netsuke.com/ja/)

取材先(敬称略・五十音順)
京都 清宗根付館
壬生寺
八木邸

双葉文庫

京都寺町三条《きょうとてらまちさんじょう》のホームズ㉑

メランコリックな異邦人《いほうじん》

2024年6月15日　第1刷発行

【著者】

望月麻衣《もちづきまい》

©Mai Mochizuki 2024

【発行者】

島野浩二

【発行所】

株式会社双葉社

〒162-8540 東京都新宿区東五軒町3番28号

［電話］03-5261-4818(営業部)　03-5261-4851(編集部)

www.futabasha.co.jp(双葉社の書籍・コミックが買えます)

【印刷所】

中央精版印刷株式会社

【製本所】

中央精版印刷株式会社

【フォーマット・デザイン】

日下潤一

Printed in Japan

FUTABA BUNKO

太秦荘ダイアリー

uzumasa-so diary

望月麻衣
Mai Mochizuki

「懐かしい三羽の小鳥たちへ。約束の時が来ました」——ある日、京都市内の別々の高校に通う大秦萌、小野ミサ、松賀咲の3人の元に、一通のハガキが届いた。お互いに見ず知らずのはずの3人だが、何かに導かれるように清水寺で出会う。徐々に過去の記憶が呼び起こされていき、やがて10年前に大秦荘で起きた"事故"の秘密に迫っていく——京都を舞台にしたキャラクターミステリー、新シリーズ！

発行・株式会社　双葉社